Sdorica

萬象物語・納杰爾篇

— After Sunset —

作者：月亮熊
原作、插畫：Rayark Inc.

Kadokawa Fantastic Novels DX

Contents

Prologue

要日落了。

風吹得急驟，彷彿連太陽落進海中的速度也變快了些。

納杰爾輕輕抬頭，將身上的層層衣物拉得更緊。他回過頭，看著緊貼在身後的嬌小身影。「還走得動嗎？」他一邊向黯月提問，腳步卻沒有要停下的意思。這時如果貿然停下腳步，他只怕自己會冷得再也無法前進。

「嗯。」嬌小的身影披著一襲黑衣，斗篷底下戴著半張鳥嘴面具，加上走起路來輕巧無聲，揚起的斗篷猶如展翅的羽翼，讓她像極了一隻黑色帶紫的渡鴉。

他們走在這片廣大的銀白世界裡，身姿特別顯眼，也顯得渺小。

納杰爾無心欣賞景色，只想盡快離開這裡。畢竟他們離開得太遲，前人的足跡早已被風雪掩蓋，真不曉得這算是幸還是不幸，但失落是肯定的。要是遇見逃亡的士兵，納杰爾肯定會毫不猶豫地斬下對方的腦袋，只可惜走到這裡，能逃離風雪的應該早就逃離了，一路上能看見的只有凍死在原處的屍體。

納杰爾邊走邊打量周圍。他們目前已沿著海岸離開，總算靠近佇列整排的木造建築。和那些屍骨一樣，房屋看起來也沒有半點生人的氣息，冰柱長到足以擋住房門。然而光是能遮風蔽雪，就已算是漫漫路途中的一點安慰了。

「至少到前面的建築物為止吧。」納杰爾說。

這次黑影只有點頭。

他們繼續前進。而納杰爾卻不免對這即將昏暗的天色感到焦躁。

好冷。這種感覺並不像夜晚降臨時的第一道涼風，或是還未穿上衣服前的微微顫慄，而是真正鑽入肌膚、從骨頭深處隱隱發疼的冷。納杰爾不習慣地抓緊厚衣物，在這被漫天冰雪覆蓋的城市間遊走。

在他淺薄的印象中，這座城市有著悲傷的過去，因此荒廢了很長一段時間，除了魔物之外，找不到任何人類在此駐紮的痕跡。較低的地勢經常被水淺淺掩蓋，或是覆上一層薄冰，較深的水域則露出大片冰鋒與塌陷的屋頂，再遠一點還能看見粗壯的船桅在水中聳立。這裡以前顯然是個大型港口，只要踮腳眺望遠方，必定能看見視野盡頭海天一色的蒼冷景象。

他們遠離水域，挑了一間民房停了下來。納杰爾費了點勁將冰柱處理完，才終於能將木門踹開闖入。裡頭沒有任何人，只有零星但還算堪用的傢俱，以及幾個裝飾木偶。他來到窗邊，發現窗戶無法推開。但無所謂了，他們今晚最好早點升火歇息，以免凍死在這個地方。

納杰爾正要離開窗邊，卻注意到在這片城市殘骸之外，正好能看見一座風格迥異的巨大城堡坍倒在港口處，他們當初就是從那裡過來的。現在拉開了些距離，他才注意到城堡在餘輝下看起來雪白如新，像一顆閃耀的寶石反射最後的光采。

而寶石底下滿布粗大的藤蔓，每一根都同石柱般寬厚，如戒指的座台穩穩托住城堡，讓它不至於就這麼沉入冰湖與裂隙之中。

這座王城象徵著太陽王國的繁榮與權力，也是整片大陸內最具威脅的武器。王國的人民都見過城堡升空的模樣，他們以為那是太陽王國要稱霸一切、終結所有敵人的徵兆，孰料如今這座王城卻以難堪的姿態摔進水中。

畢竟人類可能沒想過，虛假的翅膀是飛不遠的。

他看看自己所處的這間殘破木屋，再看看那顆名為太陽王城的寶石，正在逐漸暗下的天色中失去光澤。只要再過一段時日，王城的光華遲早會隨風雪褪

去，染上海草的顏色，最後瓦解成礫石堆，成為這座城市裡的孤魂之一。

納杰爾內心忽然有股說不出的失望。

對付人類，僅僅這點教訓是不夠的。

他冷哼，扭頭不再看那王城一眼。

❖

將爐火升起後，納杰爾才終於感覺身體活了過來，血液再次恢復流動，呼吸也順暢許多。

當他脫下兜帽時，露出的不只是那頭橘紅色的亂髮，還有一對向後蜷曲的黑色公羊角，只是右角已被切斷，只剩另一邊仍在緩慢生長。他並非人類，確切來說，比較像是介於獸人和純種人類之間的「亞人」，擁有一半的動物特徵。平常他會盡力掩飾自己的羊角特徵，不過現在只有他與黯月獨處，就不必在乎這些細節了。

納杰爾盤腿而坐，精壯的身軀以破布層層裹起——那些布料是在路上搜刮來的，勉強能用來禦寒——他撥著爐火，確保房間維持溫暖，同時粗眉也因為專注而緊皺起來。他歲數不大，卻已習慣擺出正色厲顏的模樣。

「真沒想到我還活著。」納杰爾沉著聲。

黯月沒有回應，只是悄悄縮著頭，不敢輕易接話。

看見那反應，納杰爾知道保持沉默也來不及了，只好順著內心的情緒接著說：「這裡可是被遺忘的都市，亞特拉斯，原本是我們亞人的家鄉，現在卻成了魔物的窩巢。」

黯月靜靜地呼吸，視線落在火堆上，溫順地承受他的諷刺。

他將一塊木柴拋進爐子，火星勾勒出激烈的弧線。「現在，亞特拉斯變得像座墳場似的。如果真的能夠和貴族們死在這裡，感覺倒也挺舒適——我本來是這麼想的。」

「你想說什麼？」她再也按捺不住性子開口。

「我想說的是，如今他們都已經離開亞特拉斯了。」

「也不是所有人。」她語氣中暗示那些在路上橫倒的屍體。

「沒有我真正想要的人。」他輕輕咬牙。「我看不到壓迫者、掌權者，以

及眼中只有利益的虛偽者，他們毫髮無傷地走了，我們卻連能不能離開這座城市都不曉得。黯月，妳救了我的命一次，但妳還能再救幾次？」

「你還是可以努力活著。」

「只要活著？」他冷笑一聲。

「貧民窟出生的我們很擅長這點。」黯月垂下眼簾，眼中的情緒難以看透。「活下去……才是最重要的。就算失去目標，也不過是回到熟悉的生活方式。」

「哼，開什麼玩笑？我早就沒有熟悉的生活了。」他撐著下顎，轉頭不去看她。「算啦，妳先休息吧，今晚我來守火就好。」

女孩沉默了會兒，然後輕輕搖頭。

光憑這個動作，納杰爾便輕易看出黯月背後的擔憂。

「煩死了，我不會離開的。要我為了這種小事立下血誓嗎？」他咬牙。

黯月又想了想，或許是知道沒必要和納杰爾爭辯，才聽話地伸手俐落脫去斗蓬，將面具揭開，露出黑色短髮下的清秀面容，以及面具下的淡淡傷疤，紫色瞳孔反映著亮晃的火光。她將身子縮成一團，側躺在地，像顆黑色的小球，安靜地入睡。

看來她果真是累了，才會這麼輕易妥協。納杰爾暗暗吐著氣，表情頗不耐煩。現在尋死還有什麼意義？她難道還怕自己一個想不開，跳進大海裡？不，不是現在，他遲早會挑個好時機，但絕對不是在這座荒蕪的廢墟裡。他繼續添加爐火，以免兩人都凍著了。

窗外不時出現奇怪的騷動，像是沉重的移動聲，又像是冰層互相磨擦發出的哀號，總之不是人類該有的聲音。納杰爾警戒起來，伸手握住腰際的長彎刀。但靜靜聆聽了好一段時間後，他判斷聲音的位置還很遠，暫時不用擔心。何況截至目前為止，他們也沒遇過幾隻難纏的怪物——相較之下，人類還算難對付的——他將手從武器上鬆開。

真是個詭異的地方……

明明是自己祖先待過的城市，納杰爾卻對這個地方沒有半點懷念。

他摸著自己的斷角，那明顯的動物特徵就是流著亞人血統的最佳證明，也因為這對角讓他在太陽王國飽受歧視、壓迫。為了生活，他已經將這對角藏得太久了，回去王國之後，他或許仍得為了自己的計畫而繼續藏下去。

「納杰爾……」

他低下頭。「妳還沒睡？」

「你有想過明天要往哪個方向去嗎？」黯月微微側身，聲音自髮間鑽出。

「往東邊。不管這裡的魔物還剩下多少，我至少得先回去貧民窟，打聽大家的狀況。」

「你已經決定了。」

「或者妳還想替我決定下一步該怎麼走？」他充滿譏諷。

她沉默了幾秒。「不。」

「那就這麼做吧。離開亞特拉斯之後，我們就分道揚鑣。」納杰爾的聲音有著不容拒絕的堅決：「跟著我行動沒有意義，我也不認為那是妳該做的事。」

「……」黯月的眼神暗了下來，似乎說了些什麼，但聲音接近囈語，幾乎難以辨認。

納杰爾臉色微僵。但他仍將視線回到爐火內，迴避黯月神情中的不認同。

他知道，接下來自己只能小心行事，畢竟納杰爾下了一個大膽的決定，別說回到王國了，光是走在商道上也得時時保持警戒，如果被士兵察覺身分，他可能再也沒機會活命。

他不希望這樣，卻也別無選擇。

——畢竟，他就是讓那座太陽王城墜落在海中的元凶。

Chapter Ⅰ

納杰爾並非沒有倦意，只是紛亂的思緒讓他難以入眠，全身神經不時因緊繃而刺麻，在疲憊與激烈的情緒翻騰之間反覆來回。大難不死的他並未感到慶幸，而是切實感受到身上所背負的沉重枷鎖。

只要一閉眼，他腦中總能浮現貧民窟內晦暗的景象，那些被他親手處理掉的，或是沒能被他救回來的人，並未隨著下葬而安息；相反的，他們留下的怨恨在納杰爾體內重新茁壯。有時候，他當下的憤怒究竟來自於何處？連納杰爾自己都分辨不出。

他和黯月在太陽王國的貧民窟出生，自幼就在暗不見天日的廢墟裡成長。小時候納杰爾只要抬頭，太陽總是會被一塊塊染布遮蔽，變成一片藍色、紫色與紅色交錯的天空。

這座城市不屬於他們。

很久以前納杰爾便對此有所認知。他從未滿十歲的年紀起，就已聽見許多大人談起過往亞人的生活是多麼美好；相較之下，太陽王國的生活簡直毫無尊

嚴可言。

納杰爾聽不懂那些複雜的政治局勢與變化，或是亞人之所以被迫來到王國居住的原因。但當王國士兵每次侵門踏戶，帶走大量稅金，以傷害貧民為樂的時候，納杰爾便深能體會那種被剝奪的痛楚，以及自己身為亞人的羞恥。

日子久了之後，就連思考這些事情都顯得多餘。沒有人再提起亞人曾經風光的往事，而是討論該如何在餐風露宿、身陷泥淖的日子中勉強糊口。他們的目光原本還望著未來，但隨著日子一天天過去，人們的視野越來越狹窄，變成了只能煩惱如何活過晝夜，如蜉蝣般淺短地活著。

沒有金錢就沒有自由，沒有自由便沒有尊嚴。

納杰爾還不曉得該如何解決問題，那些亞人長輩就已經一個接著一個辭世。於是納杰爾、黯月、雅辛托斯……還有其他幾個年紀差不多的貧民孩子，放下人類與亞人的對立，搭建起互相幫助的橋梁。而他也變成掌管貧民窟事務的領導者，不知不覺背負起連前人也束手無策的責任。

不管是工作、跑腿、替人攢錢、幫忙治傷，或是解決貧民與士兵間的衝突，他什麼都做，甚至已經習於為了眾人四處奔走的生活方式。

納杰爾告訴自己，只要讓貧民們的生活過得越好，他就能過得更好。

「沙……」

黯月悄悄翻了個身，讓臉上的疤痕完全露了出來，雖然顏色已經淡去，在她白皙的肌膚上仍然十分顯眼。那模樣的確是有幾分弱不禁風的感覺，甚至惹人憐惜。納杰爾看著她的睡臉，這才想到，他已經很久沒像這樣與黯月獨處了。

無論是她與納杰爾之間的情誼，或是與貧民窟的共通回憶……倘若黯月沒有離去，納杰爾也不會掀起對貴族復仇的浪潮。貴族已經奪走他太多東西了，黯月簡直是壓垮他理智的最後一道防線。

現在回想起來，或許就是因為她的離開，撕裂了納杰爾的一切。

他們之間明明有許多話可以訴說，現在好不容易重逢，他卻反而不曉得該如何開口才好。當納杰爾望著黯月的睡臉時，他甚至感覺女孩的五官已經逐漸變得陌生。她的肌肉更加結實，動作變得俐落果斷，就連想法也……難以捉摸。

她或許成為一名優秀的傭兵，但離當年在他印象中的「伊芙」已經遙遠太

多了。

「……真是令人討厭的感覺。」

啪沙！乾柴落進了餘火堆中，正好遮蓋了他壓抑情緒的低沉埋怨。他皺眉望著那重新燃起的光芒，只感覺內心燃燒著不知道從何而來的憤怒，彷彿無窮無盡……

隔天清早，他們繼續出發。不曉得是不是錯覺，在挨了一整日的寒風後，納杰爾覺得自己稍微適應了這片涼意。而且幸運的是風雪也停了，陽光嶄露頭角，讓他們在前進的路上舒服不少。

「這裡……感覺像貿易區。」

黯月忽然開口，納杰爾才意識到這裡的廣場也是以地磚鋪成的，只是紋路與風格和太陽王國截然不同。雖然都是木屋，卻不像貧民窟是用殘破木板拼湊而成的臨時居所，這裡的房屋做工紮實得多，還畫上精緻的彩色紋路與圖騰，在陽光下顯得特別活潑生動。

街上也能看見許多攤販或推車倒在路旁。雖然充斥魔物攻擊的痕跡，但在魔物入侵以前，這座城市活絡的程度絕對不亞於現在的王國。從繁榮到落沒，就像是眨眼間的事。

「不過是座死城罷了。」

納杰爾倉促下了結論，他對這座城市不抱興趣。

這裡沒有他熟悉的文化，也沒有他認識的人，就算知道亞特拉斯曾是亞人自由的國度，眼下卻只不過是荒蕪的廢墟，毫無利用價值。比起這點，現在還活著的人該如何生存，才是更重要的事情。

「沙——」

兩人走過一段街口，便見數個黑影從角落竄出，形狀像是立體的圓與三角，黑色的身體懸浮在空中，約一顆頭顱的大小，一發現納杰爾便直直往他的方向衝去。黯月正要動作，納杰爾已經抽出彎刀，強勁的力道將魔物直接揮砍成兩半。

那些魔物並沒有發出喊叫，而是碎裂成粉塵，直接消散在空中。納杰爾注

意到，不同形狀的魔物似乎會有不同的攻擊方式，但終究都是不堪一擊。而且只要走在路上，那些魔物就必定會衝上前來，彷彿除了攻擊之外，它們不會考慮其他選擇。

「多虧魔物會自己靠上來，就不用把它們一一揪出來宰掉了。」納杰爾轉動刀柄，輕鬆將它收進刀鞘。

「感覺附近魔物的數量越來越少了。」

「是因為那座飛來飛去的王城吧。」納杰爾不情願地哼聲冷笑。「說什麼要來這裡掃蕩怪物，根本只是政治作秀。像現在這樣乖乖躺下來，把魔物的巢穴壓扁不是比較快嗎？」

「等等。」黯月點點頭，突然停下腳步。「……前面有聲音。」

「是魔物？」他立刻按住刀柄、沉著氣，等待黯月的行動。

黯月豎耳傾聽，接著目光銳利地瞪著前方。

「──不，是人。」她在說完這句話的同時，身子也飛躍而去，在納杰爾眼前劃出一道黑色殘影，動作靈敏得不可思議。

「黯月！」納杰爾這才反應過來，連忙追在身後，無奈她的速度實在太快，在巷弄裡奔跑沒兩下就追丟了。他緊張地穿梭在窄道間，眼角掠過兩側木屋上的招牌，上頭寫著商店的名字……他認得出來，那是他看得懂的文字。

他停在岔路口，吁著氣打量牆上精緻的木製路牌，右邊寫著往大廣場，左邊則通往議會廳。在哪邊……黯月會往哪邊去？

「啊啊啊啊——！」

男人劃過空氣的尖叫聲為他指引了方向。納杰爾立刻右轉，離開那櫛比鱗次的建築物，來到一處開闊的圓形廣場。黯月背對著納杰爾，手中的銀色拳刃閃爍著寒光。她輕輕抖落刃尖上的血珠，不帶感情地開口：「人類貴族。」

她冰冷宣告眼前陌生男人的身分。

「貴族又怎樣？倒是妳——妳就這樣突然闖出來——真沒禮貌！」他的肩膀被黯月劃破一角，浮出一條血痕。

納杰爾走到黯月身旁，仔細一瞧，眼前的男人穿著特別華麗的錦緞，造型誇張得猶如小丑一般，而且不只是衣著，就連髮型也十分浮誇，嘴上的八字鬍彷彿有生命似的晃動著。但最讓他在意的是，男人手中緊緊抱著一個布袋，裡頭裝滿骯髒卻看似高價的寶物。

「我第一次看見會偷東西的貴族。」納杰爾淡淡開口。

「住、住口！突然跑出來打人，你們起碼要先道歉——」男人尖銳地開口，忽然像是注意到什麼，立刻話峰一轉，露出陰柔的寒笑。「噢，我還想說是哪個失禮的賤民，原來還真的是呀。入侵動力室、害王城墜落的亞人就是你吧？沒想到你沒死成，還在這裡為非作歹。」

納杰爾內心一驚。他伸手按住羊角，這才發現剛剛的奔跑讓兜帽脫下了。沒關係，反正這個貴族很快就會死在這裡，就算被認出身分也無所謂。

「你的話還真多啊……王城墜落時沒能讓你死成，真是可惜了。」

「哼！你真以為自己害死了貴族？當他們在派對上狂歡作樂的時候，你以為他們什麼都沒有準備嗎？」男人誇張地吹著氣，讓自己的鬍子翹得老高，眼神中的鄙夷盡顯而出。「偉大的西奧多攝政王早就將大家救走啦！現在他肯定已經率領貴族們回到王國，將你們剩下的餘黨抓起來了！」

「什麼餘黨？」納杰爾皺起眉頭。

「用你的羊腦袋想想吧，身為亞人的你做出這種事，難道攝政王回去後會放過貧民窟的亞人嗎？他們肯定會被吊死、受到殘忍的拷問，甚至公開火刑，讓人民好好欣賞這場馬戲團表演。」他伸手撥弄頭髮，讓那烏黑的髮絲在風中飄搖。

——也就是說，不只是那些貴族，就連他最想鏟除的攝政王西奧多也平安無事。

納杰爾握緊拳頭，一股強烈的憤怒湧上胸口。

「不過，你沒跟西奧多在一起。」

貴族男人像是被戳到痛處似的張大嘴，下意識將布袋抱得更緊。「那、那是因為……」

「看來是個被拋棄的失勢貴族呢。」他瞇眼冷笑，金色眼眸中燃著鮮明的殺意。「但就算是失勢的貴族也還是貴族，只教訓你那張臭嘴是不夠的。」他拔出刀，用手勢示意黯月別插手，接著大步走向貴族。

「等等！這是欺負……弱小！」男人臉色慘白，腰部誇張地用力一扭，勉強用懷中的布袋擋下攻擊，手環、墜飾、錢幣嘩啦啦地撒落。納杰爾的刀繼續砍動，男人也拚命扭著身子尖叫，珠寶像拍打節奏似的紛紛落下。

納杰爾暗暗對這貴族靈活的程度感到詫異，這才想到，能在黯月的刺殺底

下存活，想必也是有點本事。於是他決定不再放水，而是認真與眼前的男人搏鬥。他握緊刀柄，加快腳步與揮舞的速度，凌厲的刀鋒不斷逼退貴族，將他推向死角。

「——好啦！我認輸，我認輸了！」或許是意識到自己敵不過納杰爾，男人忽然整個身子一軟，幾乎是貼到地上向他求饒，正好閃過最致命的那刀揮砍。「亞人先生，拜託放過我吧，我願意承認您的實力與地位！」

「少說這種虛偽的話，你……」納杰爾正要舉刀，那貴族男子卻突然抬頭，朝他拋出一把暗刀。納杰爾往後一退，貴族原本癱軟的身子一躍而起，從口袋抓出一把錢幣，用力擲向納杰爾的臉。

「傻子！像你們這些窮鬼，想要的也不過就只是這些！大不了都給你們，我也不屑帶走了！滾開、滾開！」他邊說邊拋，不時還擺出優雅又誇張的投擲姿勢，反而讓貴族的姿態顯得滑稽可笑。納杰爾閃躲那些飛來的錢幣，同時看見他往一旁的巷子鑽了進去。

「別想——」他正要追上，腳下卻突然一滑，整個人險些不穩倒地。納杰爾勉強穩住身子，才發現腳下踩著一個金杯，是貴族剛才丟出來的「暗器」之一。

他停下動作，內心湧現無數句髒話。

「我們追不上他的。」黯月的聲音從身後響起。

「嘖……」納杰爾擦著臉頰，憤怒地回頭瞪了她一眼，接著像是要壓抑體內的惡火般深深吐氣，勉強開口：「算了，這種噁心的戰鬥讓我整個人都沒勁了。」

「我也只能傷到他的手臂。」她收起手中的銀刃。「他反應很快。」

「哼，那小丑看起來沒什麼攻擊力，倒是挺會閃躲的嘛。」納杰爾不悅地回到廣場，看見那堆散落在地上的胸針與耳環。現在重新審視那場面，簡直像極了男人撒在地上的尖刺陷阱……那傢伙真的是貴族嗎？還是只是穿著華麗的匪徒？

他伸腳跨過那些頗具價值的財物，直接走到廣場中央，撿起一只不起眼的手環。那造型是所有珠寶中最樸素的，外表光滑，甚至泛著一股透明感的淡藍色，也不像納杰爾戴得下的大小，但他還是動作小心地收進口袋，視為珍貴的寶物。

「是打鬥時掉出來了嗎？」黯月也認得那個手環。「我記得那是你外祖母唯一的遺物。」

納杰爾沉著臉，表情有種說不出的苦悶。「我們不該放過那個貴族的。」

黯月不安地移開眼神。「納杰爾？」

「王城墜落的時候也是，如果妳沒帶著符文師阻止，那些混帳早該摔死了……如今貴族們平安無事，西奧多也依然活著。」他看著那貴族男人消失的地方，握緊雙手。「不管是剛才那個小丑，還是王城裡的人，他們明明可以死在這裡……我不懂，黯月，妳已經放下對他們的仇恨了嗎？」

「沒有。」她的聲音沒有起伏，卻多了一絲急切。

「是嗎？如果妳老實承認妳的改變，我還會比較舒坦一點。」他恨恨地說完，轉身離開廣場，繼續往東方邁開步伐。

黯月思索了幾秒，才恍然大悟：「你在生我的氣。」

「我氣的不只是妳，也包括我自己。這麼說吧，我對這一切事情都感到憤怒。」他加快腳步，將黯月拋在身後。「計畫徹底失敗，貴族依然活得好好的；而貧民窟可能會面臨清算。就連妳也……該死，我已經不明白妳在想什麼了，黯月。妳出現在這裡又有什麼用？自從妳離開貧民窟之後，我們之間好像就越來越遠了。相信我，這不是我的錯覺。」

「我——」她渾身一震，連忙貼近納杰爾的身子，抓住他的衣角。

「我不是說距離的問題。妳不用靠這麼近。」他驚訝地往後一瞥，甚至有些警戒地避開貼到他身後的少女。他沒想到黯月的反應如此迅速無聲。

「我不懂。」她抓著納杰爾披風的手勉強鬆了開來。

「那就繼續不懂吧，我沒什麼好說的了，畢竟——等等，什麼聲音？」

忽然，納杰爾聽見背後飄來一陣響亮的笑聲。他確定他聽見了。

「聲音？」

黯月以困惑的眼神回應他。

不對，那不是黯月發出來的聲音，更像是……孩子的笑聲。那笑聲鮮明地在風中迴盪，黯月不可能聽不到的。

他用力眨眼，掃視身邊的街道，這才看見黯月背後的街巷內衝出一名男孩，大約只有六、七歲大，穿著涼爽的短袍，手上拿著木製玩偶往廣場方向奔跑，模樣看似相當興奮。或許是那畫面太過突兀，納杰爾竟然就這麼看傻了。

「怎麼了？」

「有小孩子……」

「孩子？」黯月的聲音難得帶著震驚，回頭卻只是更加疑惑。「我……沒看見什麼孩子。」

「不，就在那裡，他往廣場去了！」

「等等……納杰爾——！」

納杰爾無視她的呼喚，幾乎是下意識地回頭跑向廣場。

他不曉得自己為什麼要追上那個奇怪的孩子，但好像有某股力量抓著他，將他往廣場那裡拉了過去，納杰爾無法停下腳步。無論是基於好奇也好、想確認那是不是錯覺也罷，他全力奔跑起來。

而黯月的呼喊聲越來越遠，接著，他再也聽不見了。

❖

納杰爾被眼前的景象嚇得說不出話來。

剛剛經過廣場時，水池是凍結的，房屋與地磚也鋪滿霜雪，除了魔物之外沒有任何生氣，更別說是——像此刻這樣熱鬧——廣場沒有風雪，有的只是豔陽與掛在屋上的彩色錦旗，地上撒滿彩紙，好像才剛進行過一場熱鬧的慶典。從街上吆喝販賣啤酒與餐點的小販就能看出來了，他們有的抱著箱子叫賣，有的在廣場旁拉著推車，試著吸引那些來往的路人目光。

房屋的大門都是敞開的，多半是商店或餐館，門口坐著幾個吟遊詩人，唱著歡快的曲子扭擺腰肢，替廣場增添幾分熱鬧的氣氛。

「免費維修木偶線！免費維修木偶線！」

「美味的瑪塔塔特唷，要不要來一點呢——？」

「快過來！有大哥哥要表演符文魔法！」

納杰爾冒著冷汗，任那些吵雜的聲音與人影穿過自己的身體。他轉過頭看往自己走來的方向，同樣撒滿了彩紙，商馬車與旅人在大道上緩緩移動，等待哨兵檢查通行。

「這是怎麼回事？」納杰爾總算回過神來，發出驚嚇的大喊，卻沒有任何人注意到他的存在，而是直接穿過納杰爾的身體，有說有笑地交談離開。

更讓納杰爾驚訝的是，大部分的人多少都帶有明顯的動物特徵，好比說獸耳，或是頭上的角，以及踏著厚厚的蹄子。除此之外，也有完全沒有特徵的普通人類。

見鬼了，這肯定是某種幻覺。納杰爾幾乎肯定地這麼想。是太冷而產生的幻覺嗎？但要說是幻覺，這一切又太精緻細膩了……把陌生的城市完整呈現出來，這種事辦得到嗎？他四處張望，和那冰天雪地的記憶互相比對，更加確定這裡就是亞特拉斯沒錯——只不過是幾十年前的亞特拉斯——他是真的不小心回到過去？還是某種難解的幻影？納杰爾對此實在毫無頭緒。

「艾爾文，表演蝴蝶看看嘛。」

納杰爾順著聲音望去，發現是剛剛拿著木偶跑向廣場的男孩。他下意識靠近那個男孩，發現不只是他，還有好幾個男孩女孩圍在一名青年身邊，不斷拉扯他的衣袖。

「好好好，蝴蝶來囉。」被喚作艾爾文的男人有著一頭金髮，略長的瀏海遮住半邊眼睛，後髮則紮成凌亂的馬尾，還戴著一頂流行的寬緣尖帽。他發出慵懶的回應，從寬大綠袍底下伸出手，露出一小只精巧的玻璃瓶，接著符文光芒從瓶口冒出，幻化為光點勾勒出來的蝴蝶身形，拍打翅膀往空中飛去。

孩子們興奮大叫，一邊伸手想抓住光點，艾爾文則呵呵笑著，欣賞孩子們瘋狂暴動的模樣。仔細一看，男人的衣服並不整潔，甚至模樣也有點邋遢，反而給人一種歷經風霜的神祕感，或許那種刻意的狼狽正是符文師的通病。

納杰爾不安地走近，試圖向他們搭話看看。「喂，你——」

原本坐在花圃矮牆上的男人赫然抬起頭，清澈的雙眼對上納杰爾，露出微微吃驚的表情。那眼神稍縱即逝，男人很快便恢復平靜的微笑，但納杰爾依然補捉到了。

「唉呀，這不是我們的亞人英雄嗎？真是久仰了。」他笑的時候連雙眼也是彎的，看起來有股親切的魅力。

納杰爾身子一震。他正要開口，卻發現男人並不是在對自己說話。因為艾爾文已經將視線輕輕一偏，來到他的後方，看向一名雙手扠腰、頭上長著黑色長角的高大女性。

如果連角也算進去，那女子甚至比納杰爾略高一點。她的模樣並不清秀，幽深的五官因為嚴肅的表情，帶著一股凜然之氣，若非因為她的身材與長裙打扮，納杰爾還差點誤以為她是個男人。

「久仰個頭，艾爾文．蓋爾。諷刺的話就免了吧，我可不吃那一套。」女子開口就是中性磁性的嗓音，與她的給人形象倒是相當一致。「趁著象徵團聚的港口節回來，還真是不負眾望啊。雖然比我想的晚了十年，但還是挺快的。你肯定很想念亞特拉斯。嗯？」

「是誰說別開口諷刺的，卡特……」艾爾文露出苦笑，將符文瓶輕輕一晃，晃出一朵綻放的光點玫瑰，飄到女子面前。「我不過是個區區人類，沒有你們亞人的體魄，還得被迫在遙遠的符文學院閉關進修，妳就饒了我吧。」

「就算不是亞人，這裡依舊是你的家鄉。亞特拉斯從來不拒絕任何種族。」

「這番話還真有議員風範啊。」

卡特輕輕挑眉，沒有接下那朵玫瑰。「看來你也不是什麼風聲都沒聽到。」

「那當然，這裡畢竟是我的家鄉嘛。」艾爾文一手貼在胸前，優雅地向卡特行禮。「不過我的確不是回來過節的，卡特議員，能否借一步說話？我想聊件彼此都有興趣的話題。」

「才一朵玫瑰也想讓我點頭？我現在的飯局價碼可不便宜呢。」她終於露出微笑，那是不分男女都會怦然心動的自信神采。

「看在童年玩伴的份上，給個優待吧。」他伸手來到背後摸索，竟像變魔術那樣輕鬆，掏出一大束貨真價實的鮮花，親手遞到卡特面前。「況且，我想聊的不是普通的家常閒聊，而是關於亞特拉斯的裂隙。」

「裂隙啊……真是的，我倒還希望是閒聊呢。」她眼神銳利，笑容微斂，但仍將那束花接了過來，動作大剌剌地扛在肩上，毫無半點氣質。「到『庇護所』去，有什麼話到那裡再說，走吧。」

「哈哈。」他壓低帽簷，發出打從內心歡快的笑聲，然後轉頭拍拍其他孩子的頭。「抱歉，我得走了。明天再來為你們表演。放心，我最愛的還是你們，好嗎？」他一邊安撫表情失望的孩子，一邊起身跟在卡特議員身後。那兩個人影逐漸遠去，而納杰爾仍在原地猶豫不前。

——這是怎麼回事？這裡真的是還沒毀滅以前的亞特拉斯？

納杰爾聽著這一切對話，再打量周圍的景色——角落的人偶劇正在上演士

兵砍倒魔物的戲碼，那些魔物的造型就跟他先前遇到的相同，都是些奇形怪狀的飄浮物體，只是操偶師在上頭誇張地畫了個血盆大口。

顯然他對這裡還一無所知，如果跟著他們，或許多少能推敲出離開這裡的線索。

他下定決心，緊緊跟在那兩人身後。

❖

納杰爾隨著他們來到一間名叫「庇護所」的酒館。從那些酒客的對話中，他聽出這是城裡最著名的酒館之一，就連乾淨的程度也是。這裡出沒的酒客幾乎都是亞人，而且衣著打扮都十分體面，納杰爾從來沒想過亞人也能披上絲綢、繡上高級的絲線，或是穿著完好如新的皮靴。頓時，他明白了為何以前大人們總是會緬懷這座城市。

原來亞人也能過著……這樣的生活。我們也能大口喝著上等紅酒、吃著剛烤好的肉。

他慢慢深入酒館，震撼地打量他們桌上的餐點。不知不覺間，他也開始對這座城市充滿欽羨之情，肯定是因為那些酒客放聲大笑的關係。那樣的活力與歡愉，是在貧民窟鮮少擁有的機會。

他抿起嘴，連忙提醒自己這些都是幻影。

畢竟……亞特拉斯早就不在了，就算再渴望也無濟於事。

「——好了，菜也點了，我們開始進入正題吧。」

艾爾文輕輕拍掌，那聲音將納杰爾的注意力拉了回來。他看見卡特與艾爾文面對面坐著，身旁還有個陌生的男人。他們坐在酒館最角落的位置，這裡還特地弄了簡單的隔間，好讓他們的對話不被外人聽見。

「來吧，艾爾文，讓我聽聽你有什麼廢話能講。」她咧嘴一笑，蹺腿靜待男人開口。

他輕輕喉嚨。「咳嗯，在開始之前，我想確認一下，坐在妳旁邊的人是？」

「我的副手，亞德安，同時也是地方符文學院的資優生。」她一攤手，比向身旁坐姿端正，蓄著俐落短髮的年長男性。

「啊，我就知道……」

「有讓你嗅到相同的氣味嗎，艾爾文先生？」亞德安禮貌地微微一笑。

「這個嘛……」

「對了，他雖然只是地方符文學院的資優生，但表現挺不錯的。」

艾爾文一手放在桌上，笑容似乎有些變質。「別強調『地方』這個字眼。能在亞特拉斯內的符文學院畢業，能力肯定也不容小覷。我說卡特，妳只是故意帶他來刺激我的吧？」

「副手本來就該隨侍在議員身邊，這是很正常的事情。」

「也包括妳約會的時候？」

「是的，尤其是約會的時候，我很樂意讓亞德安保管我的花。」卡特撐著頭，翩然一笑。「但我們這次連約會都稱不上，只是個會面罷了。怎麼樣？你不是要進入正題嗎？」

艾爾文瞇起眼，意外地拿眼前的女人沒轍。

「那我就直說了。我希望堵住亞特拉斯的裂隙。」

「你想怎麼做？」

「符文魔法。」艾爾文雙手放在桌上，聲音像是在壓抑內心的興奮。「我一直在研究符文魔法的各種用法與適性，其中一個研究就是以裂隙為主題。如果我們能控制……」

卡特突然放下酒杯。「艾爾文，你知道裂隙是怎麼來的嗎？」

「我當然知道。」男人一愣，接著繼續說道：「我們在城市中央的湖底挖礦，定期銷售給太陽王國做為他們的能源來源。而龍瞳晶球蘊藏著更豐富的魂能，挖出來沒多久後，國王將它高價買下。」

「為了拍王國的馬屁。」卡特輕哼一聲，灌下第二杯酒。「算了，不管當初的目的是什麼，那道裂隙確實替亞特拉斯帶來麻煩。不知名的魔物開始從湖底冒出，彷彿永無止盡似的，嚴重拖慢我們開採礦石的進度。」

「我研究過，如果要堵上那道裂隙，最好的辦法就是拿回龍瞳晶球，完好不動地封回去。」

「那你還是放棄那狗屁研究吧。龍瞳晶球要不回來的，窮盡一輩子都要不回來。太陽王國沒有理由免費奉還，我們也付不起他所開的價碼，更麻煩的是，這座城市也沒有發起戰爭的本錢。」她嘖了一聲，像是在斥責艾爾文的天真。

「我剛剛正要說呢，符文魔法。卡特，妳真該好好聽我說完，我對亞特拉斯的理解可不是妳以為的那麼淺薄。」男人揚起迷人的微笑。「我在研究一種符文法陣，可以試著取代龍瞳晶球的能量，或是將那些魔物的負能量反彈回去。如果你們──更正，我是說亞德安先生──有興趣，也歡迎參與我的研究。」

卡特沉默下來。她輕輕敲打桌面，發出低聲沉吟。「你怎麼會認為我需要你的幫忙？」

「我不曉得。我只是想到一個可行的辦法，所以決定來找妳。」

「所以你只是想嘗試，好讓你的符文研究更上一層。」她不甚滿意地低下頭。「還有，你的酒到現在都還沒喝完一杯，簡直掃興。別說你的胃已經裝不下家鄉的酒了。」

艾爾文立刻要了第二杯。「抱歉，我只是怕太多酒精會阻礙我思考。」

「你還需要思考什麼？」

「我決定回來住了。」他聳聳肩，聲音在啤酒泡沫裡打滾。「我有很多事

情需要釐清——找份工作維持生計，同時還得繼續對裂隙進行研究，以及……其他事。」

她喝完第四杯酒。「其他事？」

他吸了口氣，終究還是決定說出口。「我們的婚約。卡特。」

卡特的表情像是早料到，沒有任何動搖，反倒是身旁的副手從鼻子噴出酒來。

「那個讓你一口氣逃到大陸另一邊的理由？不，不不不，艾爾文，忘了吧。沒人在乎這件事了，就算你現在回到我家，我的家人也不會拿刀子抵在你頭上，那都是兒時的玩笑話。話說回來，你幹嘛在這時候提起這件事？」

「反正他隨時都在旁邊，那我什麼時候提都一樣。」艾爾文看向那個擦著鼻子的男人。

「確實是。」卡特晃著腳丫，視線盯著牆上的裝飾畫。「關於這件事你大可放心，我也不是會傻傻等人的傢伙，必要的時候我自己會做出決定，你隨時可以離開這裡。」

「卡特，但如果我說……」那是豁出一切的聲音。

「停，那不是你說了算。噢，抱歉，這裡的所有事情都不是你說了算。」她雙手一攤，露出無可奈何的苦笑。「我先說結論吧，你的符文研究只怕是派不上用場了，亞特拉斯由幾十名議員決定一切，而裂隙的處理權並不在我這邊的人馬手上。」

艾爾文沉默了一會兒。「妳說服不了其他議員？」

「他們已經在用自己的方式抑制裂隙，也說那是有效的方式，我還能有什麼辦法？就算我是議員之一，也得讓過半人數同意才行。而你的蠢點子肯定行不通的。」她不客氣地大笑幾聲，才又接著說：「但是，愚蠢的點子偶爾也會是好點子。我能讓亞德安協助你，也允許你對裂隙進行研究，或許能有什麼新發現。」

「好吧，這的確比我預期的結果來得好。」艾爾文沉吟一聲，算是妥協了。「那麼，妳的價碼是多少？」

「你說到重點了。」卡特甩著頭髮，表情不懷好意。「我的支援是有高昂代價的，而你不能拒絕。成為我的眼線吧，艾爾文，那些傢伙還不熟悉你，你會是很好的戰力。」

「呃……妳再說一次？」他睜大眼。

「住所、工作，我都會給你，而你的工作就是幫我搜集資料。我剛才說了，那些掌管裂隙的議員有他們一套壓制的方法，但我認為那是無效的手段。魔物並沒有減少，而是他們謊報數據，讓人以為傷害確實被降低了。」

艾爾文冒出冷汗。「這些話妳有證據嗎？」

「沒有。所以我才需要你呀。」她灌下不知道第幾杯啤酒。「裂隙已經持續八年多了，依然沒有縮小的跡象，再這樣下去，只怕會產生更嚴重的問題。如果你真的、真的、真的關心自己的家鄉，而不是只想沉迷於學術研究，我相信你不會拒絕這份重責大任。」

「卡特……」艾爾文浮現一抹諷刺的笑。「妳這是在要求我幫忙肅清政敵。」

「我喜歡有能力的男人。」卡特並沒有否認他的說法。

他渾身顫慄，卻低頭大笑起來。「看來我這次真的回來對了。我就知道，卡特，妳需要我。」

「我還不曉得呢。你值得嗎，艾爾文？」她彎起眼角，挑釁意味不言而喻。

「當然。等著看吧。」他咧著嘴角舉起酒杯。「敬亞特拉斯。」

卡特勾起嘴角，也舉起酒杯與他敲擊。

納杰爾就在一旁看著，為他們的對話內容感到驚訝。倘若他沒搞錯時間，亞特拉斯曾經發生過嚴重的大爆發，也就是裂隙因為某場意外而被擴大了，導致亞特拉斯無法應付過多的魔物，人民才會逃往太陽王國尋求援助。

從他們討論的內容中推測，這裡是大爆發前一、兩年的時間。而這兩個人正在為了不讓裂隙擴大，擬定推翻議員的計畫。

——我從來沒聽說過這件事。納杰爾真正在意的是這點。

眼看他們的話題只剩閒談，他轉身想走出酒館，打聽街上還有沒有其他的訊息，腦袋卻忽然暈眩起來，兩眼一黑。

當他再張開眼時，他只看見一處簡陋的天花板與晃動的吊燈，周圍變得安靜無聲，而且寒冷。他再眨了眨眼，才發現自己是躺著的。

「納杰爾。」一隻小手輕輕抓著他的肩膀晃動。這次納杰爾聽清楚了，是黯月的聲音。真奇怪，他為什麼會忘記呢？他本來應該要和黯月在一起的。

「這裡是哪裡？」他啞著嗓子開口。

「亞特拉斯。我們本來快離開了，你卻突然倒了下來，我怎麼也叫不醒你，只好找個地方安置你。」她的手仍抓著納杰爾的衣角，像是怕他隨時會消失似的。「你還好嗎？」

「我很好，只是我以為……我在亞特拉斯。」

「你是在亞特拉斯啊？」

「不，不是現在的亞特拉斯。是更……」他扶著額頭坐起身，試圖回想在酒館內的記憶。那些畫面依然鮮明，那兩個人的對話也是，納杰爾一字不漏地記下來了。「抱歉，我應該是累得睡著了。」他喃喃說道。畢竟這種經歷實在太難跟黯月解釋了，只怕會被她當做是睡昏頭的幻覺。

「只是……這樣嗎？」黯月似乎還無法鬆懈，微微蹙起眉頭。「但是你已經昏睡三天了。」

他扶著額頭，腦袋還昏沉沉地未回過神來，直到那句話像敲響的鐘聲，重重震撼了他的精神。三天？在夢裡不過才幾小時的時光，在現實中他就這樣暈了整整三天？

他忍不住想像起黯月這三天內焦急不安的模樣，還有那些肯定已經跑得老遠的貴族。突然間，納杰爾感到背脊一陣發麻。

——他身上到底發生了什麼事？

Chapter Ⅱ

確認納杰爾的身體沒有任何異狀後，他們再次出發離開亞特拉斯。路途中，納杰爾沒有再看見任何奇怪的景象，彷彿那幻影只是一場夢。但當他將這些經歷告訴黯月後，就連她也露出不可思議的表情。

「過去的亞特拉斯？明明是夢境，卻這麼真實？」

「嗯，那種感覺簡直真實得噁心，我從來沒遇過這種事。」

「生病……？」

「不，我的身體狀態沒有問題。」或許是不想承認自己的軟弱，他立刻不悅地否決這個想法。事實上，除了昏睡太久讓他四肢僵硬之外，他確實不覺得有其他怪異之處。

她搖搖頭。「那我不知道。我只聽說寒冷的環境容易使人產生幻覺。」

「寒冷……貧民窟不也提過一些傳說嗎？亞特拉斯被死者的怨氣纏身，所以才會被風雪覆蓋，成為一個不可能出現在此的詭異氣候。這也說明了夢裡的氣候為何十分炎熱，好像冰雪簡直就是突然出現似的。」

黯月淡淡開口：「夢的內容未必是真實的。」

「是嗎？那妳該怎麼解釋這點？我們順著夢裡的方向走，的確就找到東邊的城門出口了。」納杰爾抬起頭。若非他事先在夢境中注意到城門的方位，他們也不會想到已經半倒塌的道路反而是最快的出口。果然，當他們爬上一小處塌陷的石垣後，沒兩下就翻過城牆來到外頭。

這點就連黯月也無法解釋。

「巧合。」她沒什麼把握地說。「就算不是巧合……也不是我們現在有辦法搞懂的事。」

「嗯，也是。我實在不適合思考這種複雜的事。」決定放棄思考之後，納杰爾臉上的表情馬上轉為釋懷，尋找前方的道路。「反正都要離開這裡，就算搞不清楚也沒差了。何況還有更麻煩的問題在前面等著呢。」他瞇起眼，打量城門口外的蒼涼大道。

才剛離開城堡沒多久，氣溫便詭異地開始趨近溫暖。他們一路越過平坦的山丘後，總算看見通往太陽王國的其他商道。雖然亞特拉斯的主要商道已經荒廢，倒還能在雜草與碎石之間勉強找出一條道路，蜿蜒指向東邊的方向。

過了這麼多天，他們也不可能再遇到貴族了吧。納杰爾有些慶幸，但失望的成分更多。太可惜了，眼睜睜讓那群老狐狸順利回到王國？就算王城的摧毀會對他們造成打擊，納杰爾仍舊覺得還不夠，遠遠不夠。

如果沒有連根斬除，憑西奧多那充滿低劣思想的骯髒腦袋，肯定只會想出更多殘酷的計畫。他根本就不該活著，他會毀滅的不只是亞人而已，還會把那些瘋狂的思想散播到王城每個角落，凡是依順他的人，都只會助長體制下的邪惡。

……這樣很好。

他冷笑起來。西奧多最好就這麼繼續囂張下去，勾動納杰爾內心燃燒的恨，越是無恥的敵人，就越是能讓他不顧一切。因為只要有機會回到王城，他便能再一次——

「你在想什麼？」黯月的聲音又飄進腦中，干擾了他的思緒。

「什麼？」他嘴角一撇，那股才剛湧上的興奮情緒瞬間被澆熄了。

「你在笑。」

他撫摸嘴角，沒注意到自己此刻臉上是什麼表情。「我在思考今後的事。

黯月，妳也該回妳的怪醫師那裡吧？」

「……跟著你。」她垂下頭。「先確保你活著。」

「我以為我們說好了，在大道之後，我們會分道揚鑣。」納杰爾心頭一沉，不悅地皺起眉來。「我躺了三天時間，已經足以讓那名貴族回到要塞，四處宣揚我的存在，妳肯定也會成為被通緝的對象。現在回去符文師身邊，反而對妳安全。」

「你還沒放棄，對嗎？」黯月別過視線，臉上的表情讓人讀不出心思。

「當然，我沒有理由不去和貴族算帳。想想看他們對貧民窟造成的傷害，有好多次機會早該反抗他們，我卻咬牙忍了下來。現在的我已經不會再犯這種愚蠢的錯了，若是繼續忍氣吞聲，才是真正把貧民窟逼向絕境。」

「……我不認為以前的你是錯誤的。」她很勉強才說出這句話。

「不，那正是我唯一的錯。全因為我的順從，才會助長貴族的邪惡，讓他們的行為喪失底線。我必須回去，保護貧民窟的夥伴，然後再給貴族一次打擊。」

「為什麼？」

「黯月，妳果然變了，竟然還問我為什麼——」他回過頭，正想開口斥喝，卻被黯月前所未見的氣勢給阻擋下來。她目光凶狠，充滿責難與悲傷，拳頭也緊握起來，像是因痛苦的情緒顫抖著。

「雅辛托斯都已經為你做到這地步了，為什麼你仍堅持不顧自己的安危？」黯月壓抑著情緒，發出質問。

「雅辛托斯已經死了！」被她這樣追問，納杰爾反而暴喝起來，內心的怒氣並不亞於眼前的少女，甚至恨不得怒火能將她吞噬。「如果妳還記得她的死，是因為那些貴族罔顧貧民窟安全，逼我們獨自抵抗入侵的魔物！」

黯月的氣勢在這瞬間動搖了。「但那是……！」

「別和我再提起雅辛托斯，或是任何一個在貧民窟裡犧牲性命的名字。」他指著少女的臉，就像用彎刀抵住她胸口一樣絕情。「妳是無法讓我打消念頭的，沒有一個人該為西奧多的政權送命，但他們偏偏都因此而死。黯月，妳或許只在乎我和雅辛托斯的事，可是在妳離開貧民窟的期間，妳根本不曉得我親手埋葬了多少人，我早就不是妳以為的那個天真的納杰爾。」

「那不是你再次送死的理由。」她咬牙吐出最後的反駁。

「回去妳的地方。」他收起手，落下最後沒有感情的餘音，轉身離去。

沒隔多久，黯月用力踏著步伐追上來。

「該死，妳還想——」

「剛好順路。」她瞇眼望著前方的路途。

「拜託妳別再講話了。」納杰爾嘖了聲，打從心底為之氣結。「每次妳開口說出來的話，都只會讓我煩躁到不行。」

她哼著氣回應。

這次黯月確實不再說話，她保持對自己有利的沉默。

❖

接下來，他們鮮少交談，專心順著道路越過一座座山丘。這段路途並不算短，而且十分無趣，四處皆是荒涼的景象，中間只能偶爾抓些耐寒的野獸與融雪果腹。直到他們來到最後一座山丘的高處，眼前的地形忽然變得開闊起來，往下延伸成一大片無止盡的草原，山脈在遠方隆起，像面矮牆似的形成屏障。

納杰爾迎著風勢，嗅著不再冰冷的空氣，這才開始感覺自己回到熟悉的地方。

晴空草原就在前面。這個念頭總算讓他感到振奮。

草原上的路就清楚多了。他往南邊看去，似乎可以見到遠方村落的炊煙，但那有可能是村落，也有可能早就變成盜賊的營地。晴空草原雖然也是王國貴族管轄的區域，他們卻已漸漸不再治理這裡，而是將傭兵提供給國王使用，自己則進入王城做些買賣，或是投資商業。因此許多地方一旦荒廢，最後都注定淪為盜賊的營地。

如果往北邊走，沿著王國郊區與晴空草原之間有一條較小的商道，可能會遇到盜賊，但士兵的看管也會比較鬆散。納杰爾一手抵在下顎，打量前方的路。

「要塞。」或許是注意到納杰爾在思考什麼，黯月在他背後忽然出聲提醒。

納杰爾明白她的意思。商道盡頭有一條河，要塞士兵會在橋上盤查那些想要通過橋的人。有時候光是為了等待過橋，可能就得花上好幾天的時間，與其他同樣被阻擋在外的流浪傭兵、流浪者或吟遊詩人聚在一起。但是在要塞拖得

越久，他就越只能被動等待士兵追捕。

「我知道，沒時間繞路了。」

他敷衍應聲，伸手抓緊兜帽走下山坡。

然而黯月確實點出他的困擾。納杰爾在心底揣測，除了想辦法換到通行證之外，他不確定有什麼方式可以通過關口。他知道有些人會專門販售偽通行證，畢竟那座橋管得並不嚴，有的士兵甚至跟盜匪同流合汙，就算是罪犯也能通行。

他看著路上偶爾出現的貨車，一邊找尋有沒有適合交涉的人，忽然注意到前方走過來一行人，起碼有十三個以上。他們推著兩台推車，上頭擺滿宛如家當的東西，像是剛從要塞那裡出發。

納杰爾壓低帽簷，小心不要引起他們注意。但當他們的隊伍越靠近，他才注意到那群人的身形似乎有些眼熟。

「等等，那是——戴瑞？」納杰爾錯愕開口，立刻大步走向他們。

「咦？」黯月也愣了愣，看著那批旅人對納杰爾的聲音產生反應，紛紛騷動起來。

「納杰爾！」為首的高大男人也認出他來，將自己的兜帽拉起，露出方正剛毅的臉龐，以及在兜帽下隱露的獸耳。「該死，真的是你！你還活著！」

「我當然——這是怎麼回事？」納杰爾的心臟怦怦跳著，轉頭看向其他旅人，就算不用脫下帽子露出亞人象徵，納杰爾也認得出他們是誰。這些全是他在貧民窟有過幾面之緣的住戶，他們有男有女，年紀都十分年輕。當魔物入侵貧民窟時，這些亞人也出了不少力抵擋。「瑪姬、伊萊文、麥克、蓋菲瑞兒……還有……天啊，你們都出城了？」

當他們被納杰爾一一點名，臉上的表情立刻充滿神采，興奮地互相低語。

「我們是冒險離開王城的，不得不說費了一番功夫。」戴瑞重新將兜帽拉好，但怎麼也藏不住他臉上興奮的笑容。「至於你身後的那位……是伊芙？真不敢相信，都快兩年沒見了，怎麼回事？妳看起來過得挺好嘛。」

黯月看向納杰爾，沒有說話，但那反應就像是在警戒。

「她現在改名叫黯月了，至少我都這麼叫她。」納杰爾無視黯月可能會受傷的表情，依然出聲糾正。「黯月，這位是戴瑞，他身後的人是戴爾。這對兄弟是住在街角的大傢伙，妳還不小心踩過戴瑞的豹尾巴。」

戴瑞比所有人都還要高，這讓他在人群之中依然顯眼。而他身後也確實站著一個五官相仿，但身材相較之下跟納杰爾體形更接近的削瘦男人，安靜地對黯月點頭致意。

「不是他，是戴爾的。」黯月垂下頭，似乎稍微放下戒心。「我曾經見識過你們的戰鬥能力，非常優秀。」

「黯月……是嗎？我會記住的。謝啦，這句話由妳說出口，對我來說可是最值得高興的讚美。」戴瑞發出真誠的笑容，沒想到這反而讓黯月後退一步，站到納杰爾身後。

「納杰爾。」她小聲提醒。

「我知道。」納杰爾恢復正色，目光嚴肅地看著戴瑞。「你們為什麼會挑這個時候離開貧民窟？難道你們不清楚王城現在的狀況嗎？」

「我們當然知道，你把那隻自傲的大蒼蠅擊落了。啊，抱歉，我得先說，這實在挺大快人心。」戴瑞嘴角一撇，回頭看向他身後的亞人們。「西奧多回到王國後，立刻命士兵在城內通緝你，他們指控你犯下叛國罪，卻沒說明原因。接著又加強關口的盤查，嚴禁亞人隨意進出邊界。而你遲遲沒有回來——

白痴都看得出來這兩者之間的關聯是什麼。」

納杰爾猶豫了幾秒。「而你們不對我生氣？」

「生氣？是指你沒有邀請大家參與這個計畫的事嗎？」戴瑞挺腰大笑起來，發出的聲音像極了興奮的野獸。「看來真的是你幹的。很好，早該有人出來幹這件事了，就算不是你，也會是我們之間的任何人。我聽說王城墜落在亞特拉斯，所以我們決定出城，確定你還活著。」

「什麼意思？」他的嘴唇一陣乾熱，不敢相信他們竟然會是這種反應。

「亞人不能失去你。如果王城墜落的事真的是你所為，那我更確信大家需要你的領導，以及你的能力。納杰爾，王國正在分裂，安潔莉亞公主正式宣布敵對。而王沒有公開譴責亞人，表示他沒有本錢損傷自己的名譽，這是我們的好機會。」

「安潔莉亞？那傢伙……」

「哦？你知道這件事嗎？」戴瑞大感意外地低哼一聲。

納杰爾努力讓自己鎮定下來，擺出冷漠的臉龐。「我不看好她的行動，但至少她替我們爭取了喘息時間。」

「沒錯。貧民窟的大家視你為英雄——雖然本來就是了——可是這次我們真的看見了希望。」戴瑞揚起溫暖的笑容，大手搭在納杰爾的肩上。「接下來你打算怎麼做？不管是要回到王城，或是需要討論接下來的計畫，我都準備好了。」

他從懷中掏出幾張通行證。而在戴瑞身後的人也紛紛點頭，那些人的笑容終於讓納杰爾放心下來。納杰爾不敢相信，大家竟然就這麼接受了他的行為，甚至沒有半點埋怨。他正要開口，卻注意到草原的盡頭冒出好幾個身影，從河的關口出現。

一開始只是幾個黑點，接著卻越來越靠近，漸漸變成明確的馬匹輪廓，五、六名騎士以極快的速度靠近他們。看起來像巡邏兵，納杰爾卻暗自有股不好的預感。

「不妙，是巡邏兵。」戴瑞也敏銳地注意到了，立刻轉身朝後頭的人下令。「拉低帽子，別盯著他們看，假裝繼續前進。這些士兵很快就會走了。」

亞人們聽令動作，繼續推著推車前進。納杰爾也跟著隊伍一起背對士兵，黯月卻拉拉他的袖子。「以巡邏兵而言，他們的裝備太好了。」她用只有納杰爾能聽見的音量說。

納杰爾忍不住回頭，發現那批士兵已經十分靠近他們，身上穿的並非鎖甲或老舊的裝備，而是仔細打磨保養的發亮盔甲。他們每個都披著色彩鮮豔的披風，頭盔上的裝飾羽毛十分顯眼，胸前還掛著繡有太陽王國徽記的外袍。

黯月的不安是對的，這群人簡直像是有備而來。

五、六名騎士似乎是衝著他們而來，臉上盡帶著不善之意，一靠近就將他們團團包圍，手上的槍尖充滿威嚇地直指著。「停下來。」為首的騎士聲音冰冷，不帶半點情緒。

「怎麼回事，大人？有什麼能幫上忙的？」戴瑞冷靜開口。

「脫下兜帽。我們接獲通報，有非法出入的亞人在這裡。」

「我們都有通行證。大人，你可以檢查——」

「所有人都脫下兜帽。」騎士策馬靠近戴瑞，用槍尖對準他的胸口。「你也最好配合一點，因為你的高度正適合我的槍。」

戴瑞臉色一沉，呼吸立刻小心翼翼，雙手按在帽子上不敢動作。

在這緊張的氣氛下，黯月率先有了動作——她背後像颳起一道風，黑色的

身影如閃電般來到騎士身後，動作輕靈地勒住騎士脖頸，將他的咽喉割斷——騎士腿下的馬匹驚嚇躍起，發出嘶鳴。

如果只有戴瑞一行人，肯定無法抵抗這些騎兵。但他們還有黯月，那是他們唯一在此刻逆轉的機會。黯月的行動證明了這點。

亞人們在那聲喊叫中同時有了動作。納杰爾抽出彎刀，將其中一柄長槍彈開，刀鋒劃傷馬匹。戴瑞也跟著抽出武器大吼，替其他沒有戰鬥能力的亞人擋下長槍，讓那些亞人避開攻擊。四名騎士們見情勢不對，立刻將馬匹拉開距離，重新擺好架勢朝他們衝刺。

「丟下行李，往山坡上跑！」戴瑞大喊。其中幾位亞人從推車中掏出短弓，在戴瑞與其他劍士的保護下射擊，試圖減緩騎士們的速度，一邊往最近的陡坡靠近。只要能夠上坡，就能讓敵人的馬匹無法順利衝刺。

其中一名騎士憤怒地擲出長槍，刺中某個亞人的腹部。騎士接著抽出腰際的長劍，帶著激動的情緒朝他們進攻揮舞。

黯月甩開斗篷，露出裸露的背部與貼身皮甲。下一刻她的背部再次展開羽翼，純粹的黑色羽毛在光芒底下閃閃發亮，使她的速度變得更加迅捷，從半空

中突襲騎士。她手上戴著拳刃，銳利的尖刺瞄準頭盔隙縫，銀光落下的瞬間開出血花。她優雅地在空中翻了半圈，站在騎士頭頂，將他從馬上踢落。

「該死！」剩下的兩名騎士拋下馬匹，衝進亞人人群之中，與納杰爾等人纏鬥起來。

亞人們並不熟悉與士兵面對面作戰，況且這裡沒有任何掩護物，那些拙劣的箭術與攻擊很快就失去效力。騎士迅速挨近，就算戰馬使不上勁，他們的劍技依然凌厲，只能靠戴瑞等人舉刀擋下，劍刃交擊的聲響不絕於耳。

此時納杰爾脫下兜帽，露出他火紅的短髮與斷角。「來啊！我就在這裡！」他挑釁似的大吼，果然成功吸引士兵的注意，也讓他們的表情首次產生動搖——然後同時往納杰爾集中攻擊，展現出寧可與他同時犧牲的覺悟。

由於士兵跟納杰爾貼得太近，弓手只能躲在遠方不敢出手，黯月也無法再貿然展開羽翼俯衝。即使如此，她還是動作俐落地與納杰爾配合，前後夾擊士兵，趁隙給予致命一擊。

這場混亂的衝突並沒有持續太久便結束了，眾人卻仍處於戰鬥的驚駭氣氛中，茫然看著一片狼狽的戰場。「先檢查傷者。」納杰爾喘著氣命令，一邊踢

開倒在地上的士兵屍體。

「我們這邊死了兩個人。」戴瑞跪在一名死去的亞人旁，做了些禱念的動作。「很遺憾……沒時間安葬他們了。騎士呢？」

「逃了一個。」納杰爾掃視躺在地上的屍體數量。「四名騎士、三匹馬。」

「可能中途趁亂逃回去了。他肯定會帶更多人回來，而且有所準備。」戴瑞看了黯月一眼，納杰爾馬上明白他的意思。那些騎士不知道黯月是羽族，所以剛剛才會大意被打敗，下次對峙時肯定無法那麼容易了。

「現在不能去橋那邊了，我們必須繞道。」

「往哪裡去？晴空草原嗎？」

「草原太難隱藏行蹤，騎士那邊肯定占有優勢。」納杰爾想了想，腦中忽然閃過之前看見的幻象，毅然開口說道：「丟下多餘的行李，我們回亞特拉斯。」

「亞特拉斯？」戴瑞短促地喊了一聲。「魔物沒問題嗎？」

「我們一路過來，路上只剩極少的數量，而且也不難對付。」

「原來如此，或許這真的是唯一的辦法了。」

「帶上保暖的衣物。推車就丟著吧，山坡能減少他們騎馬的優勢。何況亞特拉斯的建築物多，死角也是，我知道哪些地方可以藏身，而他們肯定沒有比我熟悉城市的路線。」

「大家聽見了嗎？擦乾眼淚，我們要去亞特拉斯！」戴瑞雙手用力一拍，催促大家行動。「帶上簡單的行李，現在就出發！別讓我們的夥伴白白赴死！」

「走吧，我帶路，大家跟緊了。」納杰爾揮手，卻看見戴瑞盯著自己瞧。

「怎麼了？」

「納杰爾，雖然是我提出了出來救你的計畫，也一直是我在統籌人手，但從現在開始，你就是我們的領導者了。」戴瑞語氣嚴肅，眼中流露出對他的敬佩之心。「一直以來都是你為亞人引領方向。現在，也希望請你繼續領導我們。」

納杰爾張著嘴，他並未想過自己擁有擔任領導的資格，也沒想過自己竟然成為他們憧憬的方向。「或許我……」他正想推辭，聲音卻漸漸消失在眾人期

待的視線中，他們都露出與戴瑞同樣的眼神。他看著那些人的表情，發現自己完全無法拒絕。

就像在貧民窟時一樣。

「——明白了。交給我吧。」最後，他吐出對所有人最好的答案。

❖

回到寒冷的亞特拉斯，這樣的發展連納杰爾自己都感到曲折離奇，他原以為自己不會再來到這邊，現在卻帶了更多的亞人過來。然而他的考量並不是全無道理，只要利用夢中他對亞特拉斯的印象，或許就能找到安全的藏身處，甚至還能讓夥伴們進行他們擅長的潛伏戰。

一旦搶先取得優勢，就算是騎士也有辦法對付。

「納杰爾，你知道要帶他們去哪嗎？」黯月悄悄來到身旁。

「應該知道吧。」

「應該？」

黯月表情困惑。他們從同樣的城門走進廣場，接下來納杰爾轉進巷子，走進一條連黯月都沒有注意到的小路，然後繞了幾回，在一棟大房子前停下腳步。木門被風吹得吱嘎作響，上頭有個覆雪的招牌正在晃動，寫著「庇護所酒館」幾個大字。

他們把門撬開，發現裡頭沒有魔物，而且擺設保存得很完整。「我們可以在這裡先待上一陣子，順便找找有沒有吃的。櫃檯後面就是廚房，還有樓梯通往地下酒窖。」納杰爾伸手比劃。所有人都像是放鬆下來，為這酒館的氣派裝潢感到驚豔，唯獨黯月驚訝地不發一語。

「很好。戴爾，我們去廚房。」戴瑞招手喚來自己的弟弟，將高大的身子壓在戴爾的肩上。「我聞到酒的氣味了。不管那是什麼，都讓我先嘗一點！」

「這裡有油燈！」

「我來把門先封好。小聲點，他們可能很快就會追上來了。」

眾人頓時熱烈起來，紛紛合作整頓這間旅館。納杰爾也往樓上走去，一一打開那些提供住宿的房間檢查，或許是因為溫度夠低的緣故，大多數的東西都完整被保留下來。他審視這些房間，找尋其他可用的資源。走到最後一排房間

時，黯月腳步無聲地來到他身後。

「你怎麼會曉得這裡？」她劈頭便問。

「我之前告訴過妳了，那場夢。」納杰爾打開房間窗戶，讓外頭的風雪吹了進來。「很不可思議，對吧？」

黯月沉默了幾秒，才緩緩開口。「的確是……那你在做什麼？」

「我在看那些士兵會從哪裡進來，還有尋找其他可以藏身的地方。應該有一些民房裡仍存放著可用的食物。當時我有看到不少醃製的菜餚，以及風乾的食物……」

「在夢裡看到的？」

「是啊，就在這裡。」

「納杰爾。」黯月的聲音有些恐懼。

「嗯？」

「你現在——看見什麼了？」

「看見……」

他沉吟起來，發現自己一時間不曉得該怎麼形容。

他看見底下的廣場如今是熱鬧的市集，有個婦人在自己家門口掛著一排正在風乾的蔬菜與醃肉，還得阻止自己的孩子伸手偷抓。其他人推著車子販賣飾品與進口珍品，或是從各地來的香料，當然也少不了新鮮的漁獲跟生鮮蔬果。

納杰爾看得著迷，但當他正回頭要告訴黯月時，才發現她已經不在身後。

「黯月？」

他看著空蕩蕩的房間，呆愣了一陣子，才終於回過神，想起這一切似乎有哪裡不太對勁。

納杰爾連忙衝下酒館。果然如他所想，戴瑞、戴爾，以及其他亞人全都不見了，取而代之的是那些穿著尊貴的亞人酒客，還有穿梭其間的服務生。大門外沒有雪花，只有熾熱的陽光與海風。

——又來了。他又回到「這個地方」了。

納杰爾依然無法習慣這種感覺。他抓著衣領，搖搖晃晃地撐著牆壁，發現酒館角落有個熟悉的身影……說熟悉倒也有點奇妙，因為那只是納杰爾單方面記住這個男人而已——艾爾文，那名人類符文師——他正好從吧台起身，與一個陌生亞人告別，然後推開大門走了出去。

他想也不想便跟了上去，緊緊跟著艾爾文走在街上。

這可能不是脫離幻境的辦法。但在這裡又遇見艾爾文，讓納杰爾相信肯定並非巧合。

艾爾文在街上悠哉前進，沿途還在市集攤販前買了飾品與點心，接著一路穿過熱鬧的市街，來到一座外觀華麗的磚屋，外頭有兩名守衛看守著。

「站住。有什麼事？」

「如果你還不記得我的臉，那就請跟卡特議員說，艾爾文到了。」他禮貌地微笑。

亞人守衛這才進屋確認，過了沒多久後便探頭出來，晃晃手中的長槍要他進去。「進來吧。動作快，別讓議員等了。」

艾爾文走進去大廳，才知道卡特的辦公室正在舉行宴會。地板鋪上了柔軟的新地毯，走廊盡頭直通深處大廳，隱約可見木製長桌擺滿了美食，長椅前也幾乎坐滿了人，交談的歡笑聲光是站在門口便聽得一清二楚。卡特站在樓梯間朝他招手，露出好笑的表情。

「守衛跟我說有個兜售點心的傢伙過來了。」

他發出一聲吃痛的哀號。「好吧，他肯定是故意裝作不認得我的，這只是我的伴手禮。我沒想到你們在開宴會。」

「不，他是說真的。莫凡有輕微的痴呆症，記不住只來過幾次的你。」她接過艾爾文的禮物，打開紙袋的同時，點心的香甜氣味也撲鼻而來。「噢，謝謝，我很久沒吃了。」

「妳沒有好好吃飯嗎？」

「不，最近都在跟其他議員會面，整天大魚大肉的，正懷念這種粗糙的市場口味呢。」她嘴角一撇，隨性地轉身上樓。「走吧，去我的辦公室談談。」

「話說回來，妳怎麼還雇用那種傢伙當守衛？」

卡特翻了個白眼。「因為他忘記自己請辭的事了。你上不上來？」她斜眼看著連忙跟上腳步的艾爾文，才開口繼續說：「莫凡的家人不怎麼有錢，也需要償還債務，所以我讓他過來站幾個小時，工錢則直接交給他女兒。唉，像這樣需要幫助的人民依然很多。」

「妳是說我們以前住的那種環境。」

「沒錯，有富人就會有窮人。只要這個城市繼續運轉，同樣的事情就會不

斷發生。」卡特打開辦公室的門，裡頭是個正方型的空間，溫暖的深木色調樸實剛毅，兩排都是書櫃。副手亞德安早已站在一旁待命。

「午安，艾爾文先生。」

艾爾文哦了一聲。「是你。嗯，當然了。」

「先說清楚，我能留在辦公室的時間不多了，等等還得下去跟其他議員致詞。」她大步走向正中央的桌椅處，一手輕輕按在桌上。「來吧，艾爾文，告訴我。關於裂隙，你打聽到什麼了？」

「沒打聽到什麼。」他聳聳肩，坐在對側的木椅上。「現在抑制裂隙的辦法，眾所皆知，就是收購透晶石並投入裂隙內，用透晶石的能量壓抑魔物的活動。由議員定期向礦區收購。」

「我知道。我們已經用這個作法持續九年了，即使因魔物死傷的人數正在減少，但駐守在裂隙的士兵數量並沒有因此減員，這是很奇怪的狀況。」

「原來這是妳憂心的部分？但我更在意的是市場的價格。我去市集晃了一圈，發現九年下來，透晶石的價格浮動一直沒有明顯變化。」

卡特雙眼一亮。「說下去。」

「妳上次提到礦產因為產生裂隙的緣故，採收受限，持續收購的行為肯定會讓透晶石的價格提高。但是直到現在為止，並沒有明顯缺貨或抬價的狀況。我問了那些兜售礦石的礦場，發現他們為了湊足不足的水晶數量，有一小部分的貨是直接購買來的。」

「知道是誰在賣嗎？」她瞇起眼。

「不知道，但肯定是黑市。我循線追查到一半，發現他們口中的『賣家』也是和其他人購買的，並沒有親自經營礦場。」艾爾文忽然話鋒一轉。「議員們收購的透晶石，是直接購買原石，還是打磨切割後的？」

「肯定是切割後的透晶石，這樣才能確保能量的濃度穩定。」她低聲說。

「每座加工廠切割後的形狀都不太一樣，如果用這個線索去找，或許能夠縮限範圍，找出黑市流出的透晶石來自哪裡。」

「很好，我心裡大概有底了。我老早就懷疑里歐爾根本沒有用透晶石控制裂隙。」卡特的表情似乎變得很難看，指尖也無意識地敲打桌面。

艾爾文露出狐疑的表情。「里歐爾？誰？」

「某個人類議員。他是現在負責這場抑制行動的主導人，而且老是拿我的角作文章，你等等還能在樓下看見他大吞烤肉呢。」她先是仰頭不屑地輕哼一聲，才正眼看向艾爾文。「我不是很想邀請那傢伙出席，畢竟立場上我們很合不來。不過聽你這麼一說，更有向他追問的必要了。」

「呃，我認為最好別那麼輕率行動。」艾爾文眼神一飄。

「為什麼？如果只是要證據，我很快就能派人找到了。」

「透晶石流入黑市是一回事……我還有一些事情想確認清楚，所以先給我點時間吧，不急於一時。」他露出溫和的微笑。卡特卻忽然大步靠過來，不悅地扭起五官瞪著他。艾爾文雖然仍掛著笑容，整個身子卻縮在椅子上，彷彿被她逼退到極限。

「那是整個城市都決定共同支持的計畫，不是你能輕描淡寫帶過的問題。」她的口氣陰冷，頭上的角像是隨時都能插進他胸口似的。「而且，我說過要毫無保留地告訴我。艾爾文，你真的明白這句話的意思嗎？」

「我明白、我明白。天啊，妳冷靜點，我只是懷疑他們在使用別的方式抑制裂隙。」他伸出雙手，一副要將卡特擋下來、別再讓她靠近的樣子。「例如說，活物之類的……」

「你說什麼？」她的聲音頓時啞了下來。

艾爾文垂下頭，避開她的眼神。「妳何不調查一下貧民戶的失蹤人口？」

卡特先是瞪著他，氣氛頓時變得緊繃刺骨，整個房間瀰漫著一股恐怖的沉默，就連從窗戶灑進來的陽光都是冷的。他率先注意到卡特顫抖的雙手，接著是她衝向門口的動作。艾爾文立刻使出符文，辦公室的門把與隙縫被厚重的冰塊包覆，堵住了卡特的去路。她伸到一半的手停了下來。

「先答應我，別去跟他對質。」艾爾文緊張咬牙。

「我還沒蠢到這地步，我只是要出門一趟。」卡特回過頭，以異常冷靜的模樣看向副手。「亞德安，你去替我致詞，以免我失手掐死里歐爾。艾爾文留在這裡，用你擅長的表演緩和一下氣氛，我馬上回來。還有，解開這該死的符文。」

「妳要去哪裡？」這句話幾乎是亞德安與艾爾文同時喊出來的。

「先解開這他媽該死的符文！」

「好啦！」

符文應聲解開。卡特嘴裡暗自唸著意味不明的咒罵。隨著門被關上，她的

腳步聲也迅速消失在他們耳裡，留下兩個男人互相尷尬地對看。

「『沒打聽到什麼』。」亞德安喃喃說。「艾爾文先生，恕我失禮，這似乎才是您輕描淡寫的部分吧。」

「反正卡特心裡也早就有底了，只是需要有人證實她的想法。她是個溫柔的人，但可不是笨蛋，否則早就從議員的位置被踢下台了。」

「那您是怎麼推斷他們使用人祭的？」

他表情無奈地攤在椅子上。「我想辦法潛入裂隙，聽見了一些聲音。而過往的經驗告訴我，在士兵巡邏的裂隙周圍不該出現小孩子的哀號聲。」此時他的眼神閃過些許深沉，卻又悄悄藏了起來。

「但我們還沒允許您進入裂隙，您的授權申請還沒被核准。」亞德安挑眉。

「不會核准的。不管你們替我用什麼名目，對方都不會讓局外人靠近裂隙一步。」說到這裡，他又恢復一貫自信的迷人微笑。「我是個發明家，研究各種不同用途的符文道具是我的嗜好，所以我有好幾種辦法能夠深入裂隙。有時候只需要一點自製道具，加上一個耳根子軟的年輕女孩，去為士兵送飯時順便替我做點事，之後就全憑技術了。」

「我的確聽說他們會固定時間發送乾糧，」亞德安沉默了會兒，才終於露出淡淡的笑容。「如果您能早幾年回來，卡特議員就不會那麼辛苦了。」

「噢，拜託……」

「我似乎還沒問過您離開亞特拉斯的理由呢。艾爾文先生，既然你能夠在此時付出這麼多，為什麼不是在更早的時候行動？」

「認為自己有家在等著的人，哪怕是離開十幾年，也不會覺得自己是在流浪。就只是這麼簡單的理由。」他將自己的臉縮進衣領內，露出若有所思的苦笑。「我耗費大半人生享受自由，卻直到現在才領悟，那是用多少人的束縛換來的幸運。」

「我不曉得您經歷了什麼，但有歸屬是一件幸福的事，能意識到這是幸福的人，更是少之又少。我認為先生的領悟還不算太晚。」

「唉，真是的，如果是和可愛的女性聊這種話題就好了，起碼在說出口的同時不會渾身雞皮疙瘩。對吧？」艾爾文撐著頭，對窗戶的方向感嘆起來。那對眼神彷彿在注視著什麼，亞德安也順著視線往後看去，然而那裡空無一物。

艾爾文就這樣靜靜望著。在那澄澈的眼神下，彷彿他只是單純陷入思緒，思考著什麼……

納杰爾在那雙瞳眸的注視下清醒過來。

他原本只是站在窗戶旁望著這些人，再一眨眼，他的視線就從溫暖的辦公室房間變成潮濕的天花板。他躺在床上，這種不適應的感覺竟然有些熟悉。

「他醒了。」黯月率先開口，指尖因激動而緊扣納杰爾的手臂。

「又三天？」納杰爾感覺動彈不得，渾身疲憊。

「這次只有一天左右。」黯月的聲音並沒有欣喜之意，手仍緊緊抓著他的手不放。「戴瑞，他醒了。」她抬起頭，聲音有氣無力。納杰爾才發現在場除了黯月之外還有戴瑞，在客房裡守著他。

「這是怎麼回事？我聽黯月說你之前也發生同樣的事，你果然太勉強自己的身體了。」戴瑞雙手交握在胸前，同樣拉了張椅子坐在黯月身旁，用那對大

眼直直望來。

「其他人呢？」

「樓下。我跟他們說你連日奔波，需要充分休息。大家沒有起疑。」

「我很好。」納杰爾動動手指頭，終於感覺力氣漸漸恢復。他坐起身，整個骨頭像是被拆散後又重新組裝起來，明明是剛從床上爬起，他卻恨不得再重新躺回去。

「你這次看見什麼？」然而黯月並未放過他。

「我看見……」他猶豫著，不想在戴瑞面前談這些事。但從對方平靜的表情看來，黯月似乎已經跟他說了。「我看見亞特拉斯的人試圖阻止裂隙。」

他們的眼神變得奇異。納杰爾索性全都說出來，然而每說越多，黯月的表情就越加難看。而戴瑞依然表現沉著，似乎很認真在消化納杰爾口中的每一個字句。納杰爾自己也感到毛骨悚然，因為要說這一切是夢境的話，似乎又顯得太過真實了，那些細節還深刻烙印在腦海內，彷彿這些情景本來就是他記憶中的一部分，只是忘記了而已。

「這裡果然很奇怪，我們不該來的。」黯月匆促下了結論。「自從我們待在這裡，奇怪的事情便層出不窮……」

「包括我們的爭執嗎？」納杰爾不自覺哈了一聲。

她臉色一暗。「如果你承認那算『奇怪』的話。」

「才不，那些都是我的真心話。」

「——好、好，你們別在我面前打情罵俏了。」戴瑞打斷他們接下來可能的任何衝突，露出想安撫這氣氛的溫和表情。「伊芙……不對，黯月，能請妳去跟樓下的朋友們說一聲嗎？順便請人弄點東西給他吃，否則納杰爾快餓死了。」

黯月沉默不作回應，但還是聽話地起身離開。

「我們很幸運，找到一些被風雪冰凍起來的食物，只要小心解凍，多少還是能夠填飽肚子。」戴瑞看著少女離去的背影，再回過頭來對納杰爾微笑。「雖然東西放得很久，但我們在貧民窟吃過更糟的，對吧。」

「我跟……黯月鬧僵了。」

「我知道。但那只能靠你自己解決了，我更在意的是你遇到的事。」

納杰爾悄悄打量他的反應，才開口道：「你相信我說的那些夢？」

「我認為那不是夢。而是一種……呼喚。」

「呼喚？」

「我知道你的家人不談亞特拉斯的事，但我倒是常聽父親聊起他的回憶，你描述的那些景象，也確實與我聽過的景象吻合。所以我相信。」戴瑞點點頭，那眼神甚至可以說是羨慕。「我認為只有你看見這些景象，並不單純是巧合而已，這個地方有想要告訴你的訊息。不管是魔法、靈魂，還是什麼契機的。管他呢，我相信這都是個徵兆。」

「你是這麼想的？」納杰爾反而對這個答案感到訝異。

「納杰爾，你不需要露出這種表情。承認吧，你是被亞特拉斯選上的人。或許這樣說很奇怪，但你也許能夠把握這個機會。或者說，我希望你把握，拜託了。」

他沒想到戴瑞竟然會為了這種事反過來求他。「我不曉得……我能做什麼？」

「想想看，如果亞特拉斯沒有毀滅，我們現在能過著什麼樣的生活？」

「該死，你的意思該不會是——」

男人笑了。他眼中燃燒著希望，並試圖將那焰光也傳染給納杰爾。

「你有沒有想過……這可能是改變過去的好機會？」

Chapter Ⅲ

改變過去，這是納杰爾從來沒想過的事。

起初這讓他感到心虛，因為他以為自己只要專注於前方就好。至於那些過去的歷史如何，全都不值一提，更無法填飽肚子。

但戴瑞的一席話讓他更加在意亞特拉斯的往事。他們後來聊了很久，有時是納杰爾提問，有時候是戴瑞詳細追問那些幻影的細節——天氣如何？風景如何？生活方式如何？納杰爾說著說著也興奮了起來。當他們交換眼神時，裡頭盡是對亞特拉斯的嚮往與欽羨。

不得不說，在看了這麼多幻象之後，納杰爾很難不愛上這座自由的城市。這裡的亞人可以與人類對等共存，可以由人數與選票決定任何議題，就連女性也能學習知識與參政。太陽王國總說那樣的作風會帶來混亂，但是，如果亞人能夠自由自在地做生意、能盡情表現能力而不用擔心血統限制、能因此認同自己的身分，說服自己活得並不可卑……

戴瑞說得對，他是該嘗試去和這個幻影互動看看，就算只是荒唐的起心動

念，也說不定能夠改變些什麼。否則，這些幻影又是為了什麼才只展現在納杰爾面前的？

「你不曉得那對你身體造成的影響。」

然而當黯月聽見這個決定之後，給了令納杰爾又愛又恨的回應。

黯月通常不會太多話，卻不代表她沒有在思考。每當她開口時，往往會讓納杰爾難以招架，因為她說出來的結論，通常也是他刻意忽略的部分。

黯月比任何人都瞭解自己。

然而曾幾何時，他不再期待黯月像現在這樣為他提供意見。她的離去，在他胸口留下一道很深的傷。在那之後，他試著假裝黯月死了，反正這對納杰爾來說意義是相同的。如果不那麼假裝，他一輩子都會無法釋懷自己為何留不住她。

自從離開之後，黯月極少回來貧民窟，不再與納杰爾閒談，態度也漸漸變得漠然。就算彼此不說，他也知道黯月在刻意保持距離。

現在她或許來了，但遲早會再離開。

「我願意試。」他努力違背那個聲音，即使她說得沒錯。

「就算會在半路上昏睡？」

「我可以控制那些幻象。正確來說，是必須控制它才行。」

「嗯。」

「嗯什麼？」

「你決定就好，我沒什麼要說的。」

才怪，那句話後面想表達的意思可多了。

以前納杰爾不明白，以為一句話結束就是結束了，但隨著年紀增長，他漸漸能夠體會，一個簡單的句子底下總能藏著千言萬語，就算挖開祕密也未必會令人舒服。

「那就這樣吧。」他也把自己的思緒藏起來。「準備出發了，我們必須深入亞特拉斯。」

黯月默默跟上，不再說話。他倒覺得這樣的距離很好。

一旦再次失去黯月，他內心脆弱的部分便會立刻沿著傷口流露在外，光是被風吹過都會疼痛不已。納杰爾厭惡那樣的自己。因為黯月已經選擇離開貧民窟，改頭換面過著不同的生活，不管那是不是被迫，她終究前進了。而他也不

想停留在那個依賴她的自己。

❖

他們將酒館內僅存的食物帶走，麥粉則拿來做成適合食用的糰子。然而眼下總計十二名亞人，肯定不夠分這些剩餘的食物，他們得繼續深入搜索，否則士兵遲早會找到這裡。

事實上士兵的確跟來了，負責盯梢城門的黯月率先發現他們。這次來了十幾個士兵，大部分是劍士，還有幾個弓手，剩下的可能是緊急從要塞調來的人力，集中在大路搜索，不敢輕易分散。

幸好城市夠大，小路也更多。納杰爾負責規劃路線率領眾人前進，同時提醒沿途有哪些房子可能會有食物。當戴瑞兄弟等人進行搜索時，也大致沒令人失望。只是時間隔得太久，不是所有地方的食物都能保存良好。

「如果能去海邊，說不定能釣上幾尾魚……」戴爾在搜刮時忍不住出聲抱怨。

「我們不能去海邊，很容易正面對上。而對方人太多，偷襲也要等時機。」戴瑞看了弟弟一眼，然後打開手中的鹽罐，用小刀刮下來品嘗。

「我們難道還不熟悉偷襲嗎？伊芙帶幾個弓手躲酒館屋頂、你和瑞奇守在暗巷、我待在對面的空屋，接下來的事就跟以前一樣，乾淨俐落，比睡覺還簡單。」

「不一樣，他們不是貧民窟那些只想打混的肥士兵，而是貴族指派的精銳部隊。」

「我操！我們招誰惹誰了？」戴爾咧嘴露出笑容。「那更好，我還沒見過高檔士兵的血。」

「別急，忍著點吧。」

「真是奇怪，我從沒看你這麼安分過，是因為有納杰爾在的關係嗎。」他嘴角輕撇，只好換個話題。「話說回來，他又是怎麼知道這裡有食物的？」

戴瑞露出微笑，拍拍戴爾的頭。

「我也不曉得，但這就是他的厲害之處。」

後者只是輕哼一聲，將那些看起來沒腐壞的香料罐收進背包。

他們離開那間民房，往納杰爾的方向集合。這裡離大道已有點距離，但對方肯定也有派人偵查，不能在此刻掉以輕心。戴瑞走向納杰爾，看見他眼神四處打量，有時則直直盯著空無一人的角落，或是對著某條巷口思索。

「還可以嗎？」戴瑞小聲問。

「可以。」納杰爾說。

從昨天起，他就用戴瑞建議的方式，盡可能讓自己保持專注與意志力，訓練自己與幻影和平共處，找出不會被影響體力的平衡點。眼下，它的影響力正在逐漸變小。納杰爾依然可以看見一些景象，但只要是清醒的狀態下，他就不需要擔心自己會隨時暈眩過去。

像現在，他能清楚看見零星的亞人在四處走動，不過那都是幻影的一部分，只要眨眼很快又會消失。同時，納杰爾也能看見戴瑞正站在自己身邊，彷彿相當渴望分享他眼中的景色。

「接下來要往哪裡走？」羨慕歸羨慕，戴瑞可沒忘記他們還在逃命。

「走這條。」他做出手勢，亞人們便跟著他走，由黯月殿後。

這裡的巷子窄得只能讓兩名成人並肩行走。但他們很快便注意到這條路上倒塌的木屋特別多，地面也凹凸不平，像是被外力強行擠壓成碎片似的，露出深淺不一的可怖裂痕。這讓他們再次疑惑起亞特拉斯究竟是怎麼被毀滅的。

「這裡是裂隙附近？」不曉得是誰先開口的。巷子太窄了，沒人回頭確認。

「對，我們必須經過裂隙邊緣。」風鑽過坍塌的木屋隙縫，發出的嘎吱聲響差點壓過納杰爾的聲音。走出巷子，他們看見王城重新出現在視線內，底下被巨大藤蔓纏繞支撐，最底端的龍瞳晶球應該穩穩堵住了裂隙最深處的洞口，就這麼傾斜佇立，像個難以被忽視的詭異藝術品。

然而當亞人們看見那座王城時，無一不發出興高采烈的歡呼聲。

「天啊，瞧瞧你。」戴瑞臉上掛著燦爛的笑容，激動地搭上納杰爾的肩。

「這肯定是我見過最美的畫面。」

「如果裡面躺著西奧多就更好了。」納杰爾勉強彎起嘴角，看向右邊較平穩的廣場地形，說道：「走這裡吧，先盡快趕到對面的市區。追了這麼遠，他們也該放棄了。」

「那裡有什麼？」

「有議事廳、有亞特拉斯符文學院，應該也有更多糧倉。但可能也會遇到魔物。」納杰爾回想在幻影中看過的地圖指示，又開口說：「不需要擔心魔物，他們數量少，也不比貧民窟遇過的魔物強。小心別讓其他人被弄傷就是。」

「沒問題。」他點點頭。

亞特拉斯當時的裂隙就像一記橫空劈來的刀傷，狠狠劃開這座城市的命脈，因此裂口呈長條狀延伸至城市的南北兩端。這裡積雪更厚，納杰爾帶著他們小心前進，一邊忍受刺骨的冷風，每呼吸一口氣都要凍結血液。

但那種感覺開始模糊起來，腳下不再是踏著厚雪的感覺，而是踩著柔軟的草地，周圍多了些生氣盎然的綠意。納杰爾還沒意識過來，便看見卡特議員出現在納杰爾身旁。

他沒想到走在這裡也能看見卡特的幻影，身後還跟著艾爾文與亞德安。納杰爾小心翼翼前進的同時，一邊注意他們的去向。

只見她前進的姿態輕鬆寫意，沒兩下就來到納杰爾前方，對一名陌生的議員扠腰怒視。

「你迴避了我的會面好幾次，里歇爾議員，我們需要好好談談。」

「妳那看起來不像是要談話的模樣。何況，妳也不需要特地來裂隙一趟，就算只是邊緣安全地帶，我依舊無法保證妳不會遇到意外。」里歇爾議員比卡特矮上許多，氣勢倒是完全不輸她。他一頭短髮梳到額後，眼神細長，顴骨微微凸起，與他那尖鼻子與尖細語調倒是挺相稱的。

「喔，議員，這裡還有什麼事能讓我意外嗎？」她挑釁地咧嘴一笑。

「先看看妳帶了什麼來吧，又多一個符文師？妳還真是迷信魔法，難不成還想說服我用符文抑制裂隙？」里歇爾似乎不想再與卡特對話，雙手擺在背後，沿著守衛看管的路線前進。「如妳所見，這裡狀況好得很。我現在沒時間，請回吧。」

「我是來保住你位置的。」

「什麼？」里歇爾扭曲表情，嘴角像是冷笑。

「如果你還想繼續連任議員，最好別再隨便忽視我的訊息。」卡特拋出一顆石頭，讓里歇爾伸手接下。他低頭皺眉，對手中閃耀的透晶石感到困惑。

「這顆是在黑市買的。等你想通其中的關聯性之後，我再來想想要如何婉拒你的會面。再見。」

卡特甩頭便走，留下里歇爾一人愣愣站在原處。

艾爾文跟在後面，等他們拉開距離之後才開口。「我以為你們是敵對的。」

「立場上是。」

「立場上？那檯面下呢？」

「如你所見，做人情也很重要。」卡特嘴角微微一撇，稱不上笑容。「一口氣逼得他走投無路反而礙事。里歇爾可以不要命，但絕不能沒面子。反正他已經嚇到了，等著看吧。」

艾爾文感嘆一聲。「妳變得比以前更厲害了。」

「當然。如果不變得強大，要怎麼保護自己珍視的東西？」

「我也在保護範圍之內嗎？」他伸著懶腰，發出迷人的笑聲。

「我終於知道你為什麼還敢回來了，不要臉的傢伙。」卡特也笑了，而且笑得更大聲。「看來這就是你的自信來源，認為全世界都該依著你的想法打轉，讓你過得舒舒服服的。」

「那是我的未來人生目標。現在的我只是個樂意聽命於妳的卑微僕人。」

他優雅地鞠躬敬禮。

亞德安在後頭看著兩人，以像是說給自己聽的音量低語：「……我不管妳要他怎麼還，議員，別把辦公室弄得更亂就好。」

「沒錯，你就好好還債吧。」她欣然接受這個答案。

他們的身影逐漸消失在納杰爾眼前，融化在銀白的雪地裡。草地與綠意消失了，他確信這次的幻影已經結束。

納杰爾回過頭，看見夥伴們好好跟在自己身後，這才稍微放心下來。在幻影消失的同時，他們已順利離開裂隙區，途中也順便做了假足跡分散注意力，好拖延士兵找到大家的時間。

他們抵達另一側的市區，這裡沒有廣場，只有更密集的房屋，以及許多穿插其間的河橋。那些細河匯聚至湖中，再流向大海。如今這些流水都已結成冰，偶爾發出磨擦聲。這附近的房屋至少都有兩層樓高，其中好幾棟建築物特別豪華，屋簷結成的冰柱卻像是無聲的警告，隔絕了想要闖入的人。

「這裡的地形更好。」戴瑞打量四周，似乎在衡量哪裡可以埋伏或設下陷

阱。「不過這路上很多裂痕與斷層，原本應該不是這樣的吧？」

「可能是裂隙爆發的地震造成的。」

「真是可惜了這座城市。」他搖搖頭。

納杰爾張望四周，看著那些模糊穿梭的亞人與馬車。「我看見了，糧倉的位置在這裡。」他邊說邊走。「往這裡……右側小巷盡頭……」

「等等，小心點。」戴瑞連忙抓住他的肩膀。納杰爾回過神，才發現腳下正好有道斷層，幻影使他忽略了這點，差點讓他踩空。「這裡讓我來。我帶幾個人去探路，你挑個好地方讓大家取暖。」

「謝了。你覺得來到這邊沒問題嗎，戴瑞？」納杰爾回頭望著議事廳大門，眼神閃爍著些許遲疑。「這一側幾乎還沒有人來過，我們留下的足跡在這裡會更明顯。如果那些士兵……」

「別說那些蠢話，如果不來這裡，我們與那些士兵交鋒的速度會更快。何況，我們有優勢拖延時間，他們可沒有。」他比了比糧倉的方向，露出笑容。

「放心吧，你的決定是對的。」

戴瑞的話總是能給他莫大信心。納杰爾點點頭，不再遲疑，帶著剩下的人前往議事廳。

地層稍稍歪斜，除此之外議事廳的保存狀況比想像中完好，開闊挑高的大廳就算沒有幻影，納杰爾也能在腦中輕易浮現這裡的熱鬧。那些衣著高級的亞人與人類忙碌地穿梭其間，搭上兩側的長梯，或是直直走向盡頭房間，通往最大的議會廳堂。

除了納杰爾，其他亞人紛紛驚嘆起牆上精緻的木雕刻紋路，以及華麗的壁畫。他們看不出那是在紀念哪些人物或英雄，但同樣都被這些藝術品震懾了。

「有魔物，不多。」黯月最後一個進來，手中銀刃顯露。

「被我們吸引來的？」

「大概是。小心。」

納杰爾才剛走近，魔物馬上果然破門而入——立方體、圓球體……各種不同形狀的魔物直朝他們撲來，宛如久未嗜血的野蚊，任何一點生物的動靜都能讓它們為之瘋狂。也幸好它們沒有偷襲的概念，所以納杰爾等人總是有時間應對，他們守著門口，將那批衝進來的魔物逐一解決。

當魔物都粉碎消失後，他伸手想關上大門，卻發現因為地層傾斜，原本打

開的門無法完全闔起，那隙縫已足以讓士兵輕鬆通過了。

「這裡不行，必須換個地方。」黯月甩甩手中的暗光，不敢收起銀刃。

「妳有辦法守著這裡嗎？我去探一下裡面就走。」

「可以。」她堅定答應，不過馬上又補了一句：「但要快。」

納杰爾以手勢回應，接著走向他在意的大廳角落。這裡有好幾間小門，每間房間都不大，只有舒適的座位與一張桌子，看起來像是議員們在會議期間的休息室或等待室。他一打開門，便對這精巧的設計感嘆起來。「這個地方是怎麼搞的，完全看不出來是幾十年前的城市……」

他剛走進房間，便看見某個人影自他身旁擦身而過，腳步大力踏進休息室內。

「妳在打什麼鬼主意？」

納杰爾驚嚇地回頭，才發現是里歐爾議員。他的表情陰沉且蒼白，一進門便顯得怒氣沖沖，瞪著坐在沙發上蹺腿的卡特議員。

「把門關好，議員。」卡特不疾不徐地坐直身子，看著也坐在沙發上的里歐爾。「知道是誰幹的好事了嗎？」

「反正妳也查出來了吧，是負責盤點透晶石的助手。虛報數字之後再將剩餘的貨流入黑市，剩下的則存放起來。我不能告訴妳在哪裡。」

「就這樣把透晶石藏起來也太蠢了。」她沒看著里歐爾，而是低下頭來思索。

「從第二年開始我們就知道那東西沒用了，裂隙是阻止不了的。」里歐爾用鼻子哼了一聲。「但這是我們派系的決定，我也只能遵守。卡特，妳要我怎麼辦？妳可以公開懲處那名助手，我不阻止，但僅此而已。」

「你這是在跟我討價還價。」她微笑起來，眼神卻銳利無比。

「不，我這是在替我們著想。想想看，妳若是揭發透晶石的下落，對你們派系也沒有好處。固定採購透晶石對你們的支持者也有利益，如果現在突然換個作法，妳能提出更好的方案嗎？」里歐爾臉不紅氣不喘的模樣，讓卡特簡直想一拳揍下去。

「是誰提出人祭的？」她咬著牙。

「妳說什麼？」

「那些工人與流浪兒的失蹤名單。」她拋出一疊紙，上頭全是失蹤者的資

料。「你也看過我給你的符文瓶了，裡頭的影像你應該熟悉吧。把擄來的貧民活活拋進裂隙裡，那些面孔是不是有些面熟？仔細看看這幾張臉。」

他不是很情願地瞄了一眼。「我看了。但那是怎麼回事？我完全不知情。」

「別跟我裝傻。你或許討厭符文魔法，但在議會上願意相信的人依然很多，人民亦然。」卡特的聲音從齒縫中鑽出。

「我不是討厭，我只是對任何真理保持質疑。」

「不管怎麼說，你依然是表面上的執行人，是誰容許這種噁心的罪行？」

「原來如此，看來妳新找來的符文師很擅長偷窺。像這種新技術，真希望妳能早點讓我知道啊。」他表情遺憾，卻又像是期待卡特拋出這個問題。「不過，妳挖的消息還不夠深，停在這裡也是好事。因為提出這個意見的人是符文學院出身的人，同時也是妳的議員前輩。」

卡特背脊一寒。她曉得里歐爾顯然有備而來，才敢告訴她這麼多，但這些消息已經遠遠超出她的理解範圍。

「不可能！」

「我們的人正好想爭取透晶石的資源，挪用到新的開發計畫上。這下妳明白了，暗中在交易的可不只妳我而已，哪個議員不會私下談判與妥協？立場只是假象，唯有那些新來的熱血青年才會以為世上真的有善惡之分。」他朝卡特伸出手，眼神令人不寒而慄。「我們試了很多辦法，人祭是下下策，而它偏偏該死地有效。」

「是真的有效，還是你們『覺得』有效？」

「沒有人喜歡糟蹋生命，哪怕他們無家可歸。我只能告訴妳這麼多了，妳呢？」

「里歐爾，我真想把你的頭栽到牆上。」她的聲音因憤怒而顫抖。

「答應我不會把這件事大作文章。」他只冷靜強調。「助手任妳處置，其他的事情妳想都別想。如果妳不和我握手，那我就只能用盡一切手段讓妳後悔了。」

「我不會碰你的髒手。」

「再考慮一下，親愛的。我們都欠彼此不少，但我們正是靠這點走到高位的。別讓過往的努力白費了，也別忘記，妳沒有妳自認的那麼清純廉潔。」他

的手仍懸在空中。「就算妳是，我也可以讓妳在一夜之內身敗名裂。」

卡特瞪著大眼。在短暫的沉默後，她伸出手來，顫抖地握住里歐爾。

然後她又立刻將手抽回。

里歐爾這才禮貌地微笑起身，恢復初見面時的沉穩。「妳可以去廁所清洗乾淨。」他拋下這麼一句後，毫不留戀地離開。

卡特一個人坐在休息室內。忽然間，納杰爾感覺她比任何時候都還要脆弱無助。

「你都看到了？」她垂下的頭沒抬起來過，聲音依然顫抖。但那肯定不是自言自語。

起初那句問話讓納杰爾暗自一驚，他的心情太過震撼，甚至差點忘記自己身在哪裡。這是改變過去的好機會嗎？他正想開口，卻發現身後的門早已被打開，艾爾文表情困惑地走來，對卡特的模樣感到憂心。「沒有，亞德安帶我進來，正好看見你們會面結束了。還好嗎？」

她輕輕吸氣。「你真的想留在亞特拉斯繼續研究符文嗎，艾爾文？」

「……這句話跟妳的威脅口氣不大相符。」他愣了愣，卻還是慎重回應。

「我不知道你們發生了什麼事。但妳既然那麼在意這個問題，我不介意再多承諾幾次。是的，卡特，我回來就是為了證明自己的。」

「就算我可能會把你拖下水？」

他聳聳肩。「那就當做我欠妳的吧。」

「小心點，輕易作出承諾只會讓人情越欠越重。」她終於抬起頭來，臉上沒有半點淚水。她緩緩起身，接著腳步越來越快，在艾爾文身邊扯下耳上的符文耳環。那動作太過粗暴，耳鉤甚至用力劃破耳垂，留下一道血痕，讓艾爾文看傻了眼。「我會公開它。」

她冷酷地走掉。

艾爾文看著手中帶血的耳環。他站在原處愣了好一陣子，許久說不出話來。

❖

黯月走進議會廳內的文件室——那是從堆積如山的書冊推測的——她從沒

有看過這麼多書，整個大房間被幾十排書櫃塞滿。雖然因當時裂隙地震的緣故倒塌了大半，那書堆依然驚人。唯一規劃能坐下來閱讀的座位區，連桌椅也散倒一地，納杰爾索性盤坐在書堆中，低頭苦惱的模樣看起來特別消沉。

她走進去，故意讓自己的腳步聲明顯。「戴瑞也回來了。」她開口。「我們該走了。」

「我知道。」

「你看見了什麼景象？」

「沒什麼。」

黯月掃視他腳邊的書。「那你又在找什麼？」

「關於造成裂隙的原因紀錄。」他終於抬起頭來，疲憊地將手中的書放下。「沒有用，全都是遮遮掩掩的文章，不然就是毫無根據的推測與理論。這都不是我要的。」

他看完那段幻影之後，立刻來到議會室的文件室內，找到許多關於處理裂隙的辯論與資料，試圖找出裂隙爆發的真正原因，卻一無所獲。爆發的時間來得又急又快，就算是議員，肯定也決策得十分匆促，根本沒人有時間記下這些

資訊。也就是說，他永遠不會曉得裂隙真正大爆發的原因。

「原來你對裂隙這麼有興趣。」

「不搞清楚的話，我要怎麼知道改變——」他不耐煩地應聲，才發現自己似乎對黯月說得太多，於是悻悻然將書本重新翻開。「我馬上過去。」

「士兵或魔物的事嗎？」

黯月沉默了一會兒。「我們需要談談。」

「不是。」

「那就之後再說吧。」

「你在生氣。」

「我哪天不生氣？」他自嘲地哼了一聲。「這個世界每天都令我生氣，不管是那些活著的貴族，還是窮追不捨的士兵，甚至這甩不開的幻影，全都令我生氣。妳讓我活下來了，可是許多事情我依然無能為力，這才是最讓我生氣的事。」

「我不希望這樣。」她的聲音有些哀傷。

「我比妳更想說這句話。」他用力將書砸向地板。「告訴我，到底要怎麼

做，才可以不讓這些狗屎鳥事一再發生？或是我還要多少力量，才能讓自己不會覺得遺憾？」

她沒有說話，但眼神閃過一絲慌張。

「原來妳也不曉得。」納杰爾站起來。他看起來又氣又累，只剩譏諷的口吻力道十足。「那麼，妳最好替我去問問妳的怪醫師。」

納杰爾走過黯月身邊，故意不去看她此刻的表情。他擦著臉走出房間，試圖讓自己看起來清醒一點。在最大的議會廳裡，亞人們聚集在廳堂中央的演講處，其他三面牆擺滿了一排排座椅，天花板同樣挑高，畫滿美麗的圖騰花紋，更顯此處的莊嚴。亞人圍在一起焚燒火堆，試圖讓這裡變得溫暖些。他們看見納杰爾過來，紛紛開心地朝他招手。

「戴瑞他們找到許多吃的，坐吧！」一名兔耳女孩笑著，將手邊的書本丟進火堆裡。納杰爾看著那些被用來當成柴燒的書堆，感覺有些可惜，卻又覺得沒必要阻止。這裡識字的亞人沒幾個，現在也不是惋惜的時候。

「我們需要換個地方。」納杰爾對他們露出微笑，他知道這是大家想看見的。「這裡的大門鎖不起來，如果準備好了，我們就出發。」

「沒問題，先喝完這碗湯吧。」戴瑞也捧起一碗熱騰騰的蔬菜湯，那微微香氣讓納杰爾意識到自己真的餓了。「有什麼進展嗎？」

「有，走吧。」

「為什麼納杰爾總是和我哥講悄悄話？」戴爾嘴裡含著食物，含糊不清地說。

「別吃醋，戴爾。」兔耳女孩微笑擦拭手中的短弓，整理弓弦。

「吃醋個屁！」

納杰爾與戴瑞在眾人的哄堂笑聲中來到牆壁一角。他將自己所看見的景象全盤托出，盡量在語氣中保持冷靜，但當他提到人祭時，還是忍不住多加了幾句髒話。戴瑞的反應與納杰爾一樣憤怒，對他們來說，那場人祭勾起他們內心深處的傷痛，就像是自己的尊嚴同樣不被重視。

因為是沒有價值的人，所以不管在哪裡，窮人總是輕易被當做能夠犧牲的一方，猶如真理般理所當然。

「真是噁心，任何字眼都無法形容我對這些上位者的失望。」戴瑞吐了口氣，忍著不用拳頭敲打牆壁。

「問題是，他們沒有用其他方法處理裂隙的紀錄。」納杰爾揉著額頭，試圖描述他此刻內心的感受。「我知道現在是關鍵，已經快了……我就是有這種感覺。我在想，或許他們能感受到我的存在也說不定……我希望……」

「納杰爾，你不能放棄，務必繼續與那些幻影互動。」戴瑞眼中再度燃起火花。「那對亞特拉斯很重要，也對我們很重要。那是……我們的歷史。你懂嗎？那是我們人生很重要的一塊拼圖，讓亞人完整的關鍵。」

「當然。」他露齒而笑。

「不，這真的很重要，亞特拉斯是我們的城市，毋庸置疑。」戴瑞重新強調。

納杰爾消化這個字眼，腦海中似乎有什麼正在動搖，他的童年正在變化，重新塑造成一個活在亞特拉斯的納杰爾。他可以選擇想要成為工人、商人、符文師，甚至像卡特一樣選上議員，他可以做任何事、任何決定。在那個城市裡長大的納杰爾，將會過得更自由，而且沒有憎恨。

他揉著鼻子，似乎對這個念頭感到不知所措。

「我的母親不這麼認為。」

戴瑞挑眉。「阿絲塔？」

「對，她希望我不要以亞人的身分活著。」納杰爾若有所思地從口袋拿出一個手環，那是他原本掉在廣場上的老舊手環，尺寸明顯與他的手腕不合。

「她要我忘記亞特拉斯的事，也對外祖父母遷移到太陽王國的過程支字不提。而這個手環，是我外祖父母唯一留下來的紀念。她只留給我這個。」

「所以你在貧民窟裡，總是對自己身為亞人一事特別低調。但我還是覺得，你的母親不該對自己的身分感到羞恥。」戴瑞搓著下巴，似乎不是挺認同納杰爾母親的做法。「或許是為了保護你不被士兵欺凌吧？不過那也沒有讓你在貧民窟過得比較舒服。」

「我知道這種事是藏不久的。遲早，我得選擇自己要用什麼身分活下去。」

他摸著自己一邊完好的角。小時候那對角還不明顯，所以很好隱藏，不過現在隨著年紀增長，逐漸粗壯的左角越來越難掩飾。好幾次，他腦中都冒出把左角也砍斷的念頭。但最後終究放棄了。

「你選擇了亞人這邊。」戴瑞的眼神十分欣慰。

納杰爾沒有回答，他的思緒來到王城墜毀的那一刻。在安潔莉亞驚訝的表情中，納杰爾拉下兜帽，大聲宣告自己的亞人身分。順著那股氣勢，他說了很多自己原本都沒想過的話。

——能拖你們這些人類在故鄉一起陪葬，我的犧牲根本不算什麼！

在貧民窟的時候也是。他只想盡量讓大家都過著好日子，並沒有什麼胸懷大志的成熟想法，甚至不理解自己為何能被推為貧民窟的領袖。相比之下，戴瑞、卡特議員，甚至艾爾文，像他們那樣心懷正義之人，才應該更加值得敬佩才對。

「納杰爾——士兵來了！」

負責盯梢的亞人從門口發出大吼聲，將所有人的注意力都拉了回來。議事廳內的人開始撲滅火堆，有的則動作俐落地抓起武器集合。納杰爾立刻抽回思緒，與戴瑞率先衝了出去。「有多遠？」納杰爾低聲問道，長刀已握緊在手中，蓄勢待發。

「他們沒被假足跡騙到，直直朝我們的方向來了。」黯月這才從半空中躍下。就算沒有張開翅膀，她的動作依然輕靈無聲。

「那就讓他們來送死。」納杰爾揮揮手指。「黯月，妳繼續偵查，隨時給我和戴瑞指示。弓手躲在暗處藏好。再來兩個人和我一起行動，負責吸引他們注意。」

其他人動作俐落地在指定位置躲好，搭起弓箭，幾乎難以認出他們的身影。納杰爾則躲在橋後的建築物，手中長刀緩緩轉動。終於等到那群士兵靠近的腳步聲，但聽起來十分急促，完全沒有先前謹慎作戰的模樣。

他們明明知道這裡有羽族人，應該會更小心才對。

納杰爾悄悄探頭，看見那些皇家士兵穿著禦寒皮衣而非盔甲，還披著淺灰色的毛皮披風，顯然是為了深入亞特拉斯而準備的。他們拔著劍，大步跑進大街，激動的情緒寫在臉上。表情與其說是威嚇，不如說更接近猙獰。

「這些士兵不太對勁。」戴瑞也察覺到異樣。「以精銳士兵來說，行動很不嚴謹。」

「只有四個士兵。」納杰爾仍伸手示意大家別鬆懈。「看起來像是被感染了。」

「感染？」

「被魔物弄傷的人會變得凶狠。」納杰爾暗自嗤笑一聲，那笑是針對士兵的。但他很快又想起討厭的回憶，被魔物感染的人，通常也沒什麼好下場。

「可能是太專注追查我們的下落，不小心被魔物襲擊了。我看過類似的變化。仔細看，他們身上多少帶著傷口。」

「看來是被隊友放生了。不管他們的話呢？」戴瑞貼著牆，也看見那些士兵的傷痕，有的在臉上，有的在手上。

「可能也會死吧。但是在這之前，放任他們行動會更危險。戴瑞，上了。」納杰爾回應黯月從屋頂打來的暗號，弓弩手立刻蓄勢待發。風雪影響了他們的精準度，但還是射中了兩個人。

納杰爾跳出巷子，直接朝最近的一位士兵揮出長刀，砍下對方的左臂，接著再轉身揮過士兵的脖頸，飛濺的血花在雪地上格外怵目。納杰爾轉過頭，看見戴瑞與其他夥伴也忙著與中箭的士兵纏鬥。即使負傷了，那些士兵依然沒有停下攻擊，讓亞人們紛紛感到吃驚。

他才剛喘口氣，另一名士兵便朝納杰爾衝撞過來，力道之大，險些將納杰爾擊飛出去。他勉強在雪中站穩身子，舉刀應戰。

一如他的記憶，被魔物感染後的人，力氣也會特別強盛，可沒有那麼好對付。

如果能至少留下一個，或許還有機會問話吧……但他很快便發現這想法根本失策。

士兵的動作也很俐落，長刀不斷與長劍直接交鋒。納杰爾擋下對方又快又狠的攻擊，刀面每抵擋一次，手臂便被震得發痠。戴瑞也幫忙從士兵身後夾擊，手中的刀砍傷士兵的腰部。但對方竟像是不覺得疼痛，鮮血湧出的同時還能一個勁地壓制納杰爾。

「可惡！」納杰爾扯開嗓子大吼：「喂！其他士兵在哪裡？」

「……亞特拉斯。」士兵咬著牙，口中吐出帶血的唾沫，黏在鬍鬚上。

「抓……你。」

那句打從骨子裡迸出的恨意讓納杰爾打了個顫。

但也可能是因為戴瑞的刀穿過士兵的胸膛，險些刺到納杰爾的緣故。「抱歉。」戴瑞抽回武器，將士兵踹倒在地。「他力氣太大了，我不得不下重手。」

「謝了。他們……」納杰爾穩住情緒，冷靜擦去臉頰溫熱的血跡。他一邊環顧周圍，中箭的士兵早已倒在地上。其他夥伴不客氣地朝著屍體吐口水，眼中閃耀著驕傲的情緒。

等了一陣子後，屋頂上的人也放鬆下來，吆喝著要下來搜刮戰利品，一邊收起架好的弓箭。

納杰爾轉頭看向大街盡頭，總感覺事情還未結束。

「——還有人！」黯月的聲音從上方傳來。

才剛說完，一支弩箭便劃破空氣，咻地刺中正要從屋頂爬下來的弓箭手。斷氣的兔耳亞人還未落地，遠方又射來幾根箭矢，射中另一名亞人的胸口。在場的人這才震驚地反應過來，連忙四處散開找尋庇護。

「混蛋！他們把感染的士兵當誘餌！」戴爾在納杰爾對面的巷口憤怒大吼。

「納杰爾，叫黯月給他們教訓，把他們的弩手也拿下！」

納杰爾探頭看著從街口緩緩包圍的士兵，這次有七個人，弩手可能還在後方埋伏。他們的淺色衣服在雪中的確不易察覺，直到靠這麼近，才能看見他們的移動路線。他發現其中一人拖著帶刺的網子，立刻打著暗號要黯月別動。她

大概也發現了，只好在屋頂上穿梭，另外找個好位置勘察。

「這是第一次，也是唯一一次的警告。如果再不束手就擒，我會直接把你們的人頭帶回去，讓你們連送審的機會都沒有。」帶頭的士兵隊長嗓音宏亮，彷彿勝券在握。

開什麼玩笑，我才等不及把你們的頭砍下來呢。納杰爾心底想著，伸手握緊還沒擦去血跡的長刀，等著抓住最好的攻擊時機。

忽然，他們腳下震動起來。

他吃驚地看著地上，發現碎石在腳邊滾動。然而震動的源頭不在他們這裡，有道低沉的巨響從士兵身後的方向傳來，像冰層的尖銳摩擦，又像沉重的石頭發出低吼。突如其來的震動讓士兵緊張回頭，這次所有人都明確聽見了——遠方的持弩手發出短促的慘叫，隨即淹沒在那沉重的移動聲中——大街變得黯淡下來，不是烏雲的緣故，而是一隻身軀龐大的魔物遮蔽了陽光。它的大小幾乎有兩層樓高，周圍環繞著結晶物代替雙腳，動作快速地朝他們襲來。

和其他魔物一樣，它也有著明顯的獨眼，甚至有張尖刺交錯的大嘴，一口就能輕易吞掉一名成人。士兵們往後退去，似乎是在衡量要先打敗眼前的龐大魔物，還是要先抓住納杰爾等人。最後他們選擇更聰明的方法——逃跑。

但魔物輕易地追上他們，環繞在身旁的細長結晶體飛了出去，像利箭般刺穿他們的皮甲。結晶體宛如與魔物本體連著一條看不見的線，將刺中的對象拉向魔物口中，令人聯想起遭釣竿勾住身體、被輕鬆釣入桶中的魚。

「納杰爾！」黯月迅速來到納杰爾與戴瑞身旁，收起暗色的翅膀。「這魔物很不對勁，我們得快點逃走！」

納杰爾完全同意她的說法。他朝對面巷子的戴爾打著暗號，對方顯然接收到了，仍在屋上的其他亞人立刻移動位置集合。

魔物原本橢圓的身體也在此時變換形狀，成了狹窄的立方體，讓它能夠更快穿過街道。幸好它專注追著士兵，連和納杰爾等人擦身而過也沒有注意到。納杰爾立刻把握機會衝出暗巷，翻身避開那些在空中打轉的結晶體，與其他人一同往魔物身後的方向奔跑。

「那傢伙是從哪裡冒出來的？我從沒見過這麼大的魔物！」

「可能是沿著河……」黯月悄聲說。

「河底？」納杰爾這才注意到，他們當初通過的橋已經斷裂，凍結的河水裂了個大孔，表面的冰層像是被搗碎似的散落開來，甚至還殘留士兵的毛皮披風碎片。

「還有別條橋嗎，納杰爾？」

他們停下腳步，讓納杰爾專注查看四周，他立刻專心感受幻影。街道開始變得乾淨明亮，人潮也漸漸讓城市變得熱鬧，他指向其中一個馬車前進的方向。「這裡。」他們邁開腳步，隨著納杰爾指引的方向移動。

他們身後變得寂靜，再也聽不到任何士兵傳來的喊叫聲。

沒過多久，那龐大的黑色身軀衝了出來，目光直盯著納杰爾一行人的方向，腳邊的結晶體隨即喀啦喀啦地轉動，發出劇烈的聲響朝他們直直前進。

納杰爾聽著從身後逼近的沉重聲音，冒出陣陣冷汗。

真是失策。

他似乎……太小看亞特拉斯了。

Chapter Ⅳ

魔物緊追在後，像一道無法忽視的黑暗朝他們擄來。夥伴們在納杰爾身後發出驚叫，被那股恐懼追趕，只能勉強跟上納杰爾的腳步。

「他媽的！那個臭怪物追上來了！」戴爾發出怪叫，一副想拔出武器應戰的樣子，卻被身旁的人阻止。

「繼續跑，不要停下來！」

「那就往巷子裡跑吧！」不曉得是誰在身後發出哭音似的大吼。

「不行，那東西會變形，擋不住。」戴瑞也來到納杰爾身旁，咬牙說道：「差不多該說了吧，納杰爾，你打算往哪裡去？」

納杰爾冒著冷汗，努力從眼前的幻象中辨認出方向。畢竟就算他沒回頭看，也感受得到魔物漸漸逼進的沉重聲響，那股壓迫感讓人汗毛直豎，不敢鬆懈半分。

街道上熱鬧的行人在路上徘徊，如同風一般穿過他的身體。沿著城市運河旁的街道，人偶師在一旁表演，吆喝著要大家停下腳步欣賞。香料商人在轉角

處與買家爭執，朝他們奔跑的方向呼喊，只求好心人停下腳步替他公評。還有幾個頭上帶角的孩子，用頭頂著硬球互相玩耍，險些讓球掉進河裡。

納杰爾甚至看見了艾爾文的身影悠哉經過身旁，但他已經無心理會這些幻影究竟想說什麼，而是專注找出適合的退路。

他抬起頭，目光緊盯某處，兩座緊鄰的運河橋就在離他們不遠的前方。石造的運河橋聳立在凍結的荒廢河道上，河道因地面震開的緣故形成一條裂口，狹長的裂縫幾乎深不見底，延伸到河岸盡頭的大裂隙去。

納杰爾看見馬車與貨車在前方兩條橋上來回通行，人人表情開朗且忙碌。但這些歡愉的幻影，與此刻身後面臨的危機產生突兀的反差。

橋的盡頭能通往堅固的磚製住宅，底下也有幽深的裂谷可以利用，他們或許能試著分散開來，趁魔物追著其中一批人時，由另一隊人馬幫忙夾擊。雖然戰勝的機率不大，不過應該總比現在一個勁地被追殺好。

「戴瑞，分成兩隊，我們要過橋了。」

「兩隊？明白。」戴瑞表情困惑，但還是回頭匆匆瞥了後方隊伍一眼。

「戴爾！你和黯月來帶另外一隊人！」他伸出手做出慣用的溝通暗號，自己則緊跟在納杰爾身旁。「然後呢！」他問向納杰爾。

「讓戴爾走遠的那條橋，我們走另一條，看能否找機會包夾魔物。」

這次戴瑞的聲音明顯混著不安。「另一條？可是——」

「就是現在，分散！」

戴爾與黯月等人順著納杰爾的指示，拔腿往遠處的運河橋直衝。納杰爾則咬牙轉彎，以極快的速度衝向最近的橋上。

戴瑞仍在後方大喊他的名字。納杰爾還沒意識過來，雙腿已本能地穿越那些透明的人潮，在石板橋上踏出重重的步伐。他跳了起來，在吵雜而熱鬧的街道上，毫無猶豫地迎風邁開腳步。

身後卻傳來無數道不如預期的驚叫——一隻陌生的大手用力抓住納杰爾的身體，順著那股力道在半空中旋轉，將他給拉了回來，往橋頭處用力拋回地面。

——是誰拉住了他？納杰爾驚嚇地回過神來，發現自己整個人跌向冰冷覆雪的石板，身旁的亞人無不發出驚叫聲。

幻象一口氣在此時抽離。炎熱的陽光不再，取而代之的是異常的寒風與霜

雪。街道上半點人影也沒有，更甭論那些走在橋上的忙碌行旅。

因為橋早已塌斷了。

在納杰爾跨步出去的那一刻，便等於是躍向幽深的冰河裂谷。

他的體內頓時湧現一陣惡寒。

戴瑞早已看出那是座斷橋，所以即時抓住了他，將納杰爾用力拉了回來，自己卻無法穩住腳步，於是跌向了——

納杰爾抽著氣，滿身冷汗地望著掛在斷橋邊的那隻手。

「該死！」他這才終於反應過來，起身衝向橋邊，看見戴瑞勉強撐著雙手，額間浮出豆大的汗水，使盡力氣不讓自己掉下去。「可惡，抓緊我！」他伸手抓住戴瑞的手，卻沒有足夠的力氣將他拉上來。

「咕……唔……」戴瑞雙手緊扣著納杰爾的臂膀，雙腳卻只能在空中晃動，找不到任何能夠施力的支點。

納杰爾回頭想叫身後的人幫忙拉起戴瑞，卻發現黑影離他們只有幾尺之遙，身上帶著不斷飄落的霜雪，直勾勾地盯著納杰爾與戴瑞看。那龐大的身軀蓋過一切視線，像一堵蓄勢待發的黑牆，體內發出的聲響充滿惡意。

不，不該是這樣。他抽著涼氣，感覺時間在魔物眼前凝固，停滯不前。

「別看。戴瑞，別看。」納杰爾聽見自己這麼說。

他滴下豆大的汗珠，假裝無視黑影的存在，睜著雙眼與戴瑞對視，彷彿這樣就可以不用因為恐懼而停下動作，繼續將戴瑞拉上來。

「不，納杰爾。你得繼續下去。」

虛弱的聲音從橋下冒出。

他不曉得戴瑞原本要說什麼。戴瑞主動鬆開手，納杰爾感覺雙臂的重量一空，男人開始下墜，遠去的目光依然堅毅，沒有恐懼，視線追著他不放。

納杰爾的指尖劇烈顫抖起來，無法承受那突如其來的空虛，接下來黯月便抓住了他。黑影像道颶風襲捲住納杰爾，使他雙腳離地，背上彷彿長出黑色的羽翼，與魔物拉開大段距離。

而魔物也立刻做出選擇。它轉動身上的銳角，發出冰塊敲擊的聲音，以極快的速度躍下冰河，遮住戴瑞落下的方向，安靜地進行捕食。那段過程快速到讓人寧可當做沒發生過。魔物停頓了好一陣子，再繼續蠕動身子，沿著裂縫緩緩消失，準備下一次的狩獵。

在那道遠去的巨響之後，是漫長的無聲。

納杰爾仍掛著汗水，瞪大雙眼喘息著，倒臥在黯月顫抖的懷中動彈不得。她雙手抓得很緊，吐息間夾雜激動的情緒，但那並非讓納杰爾感到疼痛的真正原因。

「——你幹了什麼？那是你的計畫嗎？」

一道道腳步聲直到此刻才急遽接近，最先出聲質問的是戴爾。他的聲音就像剛殺過一個人，嘶啞而高昂，充滿許多讓納杰爾不敢直視的情緒。

「冷靜點。」黯月在納杰爾背後乾啞出聲。

「你幹了什麼，納杰爾？」戴爾無視黯月的警告，蒼白的雙手扣住納杰爾的衣領，汗與淚水同時落在他的臉上。「你他媽到底是怎麼回事？剛才那到底算什麼！」

納杰爾知道戴爾真正想問的是什麼，可是他說不出口。戴爾索性揮出拳頭，這次不只黯月，連站在戴爾身後的亞人們也制止了。他們將戴爾往後拉開，卻無法阻止他歇斯底里的叫罵，那些吼叫聲比利刃還凶狠刺痛。

納杰爾轉過頭，雙眼驚恐地看著那座斷橋。透明的人們仍走在橋上。

風好冷，陽光看起來卻好燙。

戴瑞死了。艾爾文卻站在橋邊，一手扶著橋欄，嘴唇緊抿，表情凝重地與納杰爾對視。

納杰爾眼角跟著流下一道溫熱的淚。

——他也想知道，這到底算什麼？

他們沒有再過橋，而是先找了個看起來完整的住家避避風雪，整體士氣陷入前所未有的低迷。

那是理所當然的結果，沒人會想到他們得在這麼嚴苛的氣候下對付精銳士兵，同時還得跟那巨大的魔物交鋒。戴瑞的死讓他們重新意識到，這裡可是亞特拉斯——全大陸最危險又神祕的遺跡之城——而如今他們為自己的天真嘗到苦頭。

「這裡真冷。」

「伊萊文，柴火呢？」

「不行，都濕透了。」有著銀白色貓耳的長髮女亞人說。

「食物？」

「原本不太夠分，但現在……只剩下十個人，所以還夠。戴爾，你還好嗎？」

「閉嘴。妳只要不問，我就不會有事。」戴爾蹲在房子一角，吸著鼻子，眼眶還是紅的。「那麼，我們的大英雄現在又要出發去哪兒？」他微微抬頭，帶著敵意瞪向納杰爾。

「戴爾……」

「我去周圍巡視一圈。」來到大門邊的納杰爾停下腳步，套起兜帽，遮住他此刻的表情。

「真不錯啊，希望那不是要將我們丟下等死的意思。」

「別說了。」伊萊文煩躁地垂下頭。「讓伊芙陪你吧，納杰爾。我們還不曉得會遇到什麼樣的魔物呢。」

納杰爾點了個很輕很輕的頭，在亞人們的視線中離開。

他站在覆雪的街道上，看著假裝相安無事的沉靜都市，沒有敵人、沒有魔物，只剩下風的喧囂，讓他不免覺得亞特拉斯真是個奸詐又狡猾的地方，直到此刻才願意賞賜他們些許平靜。

發生了這一連串事情，納杰爾感覺自己徹底被打亂了時間感。戴瑞的死彷彿已經過了很久，又好像只是幾十分鐘之前的事，內心的傷卻遲遲無法平復，直到現在都還沒能止住胸口的痛楚。他知道那些亞人的心情也一樣，尤其是戴瑞的弟弟戴爾。納杰爾甚至覺得自己沒能被戴爾痛毆一頓，反而是件憾事。

「沙……」

納杰爾才剛從遙遠的雪景抽回視線，便看見艾爾文的綠色長袍在風中飄晃，緩緩停在納杰爾面前。他來到街燈下，腳步優雅又溫柔，像是特地排練過似的正式。與納杰爾沉重的身姿相比，艾爾文的表情自在許多，臉上掛著藏不住的微笑。

「你現在可以解釋了吧？」納杰爾在兜帽底下冷冷開口。「艾爾文，你和這些幻影到底是什麼？」

他原以為自己終於可以找到機會與幻影對談，至少，沒有比此刻還要更合適的時機了。他瞪著眼前的符文師，然而艾爾文沒有應答，對納杰爾視若無睹，只顧著眺望遠處。

他不由得握緊拳頭，忍住腦中浮現的恐怖念頭——會不會這些幻影並沒有要告訴納杰爾什麼？如果是這樣，那他與戴瑞在追求的不過就是……自作多情的夢罷了？

「艾爾文，你難道不是有求於我？如果不是——那讓我看見這些又是為了什麼？只是一場惡作劇嗎？」納杰爾的聲音顫抖起來，不死心地想喚起對方的注意。「你到底聽見了沒？該死的！如果你和這些——如果這些幻影只是偶然，難道戴瑞就這樣白白犧牲了？嘿！你究竟——」

他氣憤地上前用力一抓，果然整個人穿過艾爾文的身體。而符文師顯然沒有反應，也沒有因此意識到納杰爾的存在，反而喃喃自語，講著他聽不懂的符文學名詞，將納杰爾完全拋在身後。

他氣得回頭，想再次撲向那個幻影，卻發現艾爾文原本所站的位置被黯月取代。她一身黑衣，嬌小而醒目，在靄靄雪地中特別顯得有存在感。

「我來巡守。」黯月似乎看出他眼神中的茫然。「你站在那裡很久了。」

「我自己可以。」他甩甩頭，逼自己提起精神，向前邁出步伐。

黯月的聲音緊追在後。「你的狀況不好。如果你無法拒絕他們，那就由我去說。」

「現在還剩幾個人？」納杰爾不理她，而是丟出另一個問題。

「八個人吧，加上我們是十個。」

「伊萊文、麥克、蓋菲瑞兒、戴爾、奧德里、亞林、寇芮、費奇……這些是剩下的人。而在魔物面前他們有多少實力，我也清楚得很。」納杰爾想也不想地開始細數人名。只要是待在貧民窟一段時間的人，他都早已記下名字。

「作戰能力最好的都死了，現在他們比我還要徬徨無助。雖然不知道妳是怎麼想的，黯月，我已經沒有拒絕的餘地了，只有我能帶領他們。」

「即便你並不是適合的人選？」

「什麼意思？」納杰爾語氣帶刺地追問。

「……我從來沒在奧斯塔那邊見過那麼大的魔物，就連冰霜的外型也沒有被記載。這太危險了，不管我們有幾個人都無法對付。」黯月的聲音有些生

硬，好像要她承認這件事情很困難。「我頂多能做到偵察它的動向，然後盡可能地避開它，越快離開亞特拉斯越好。」

離開亞特拉斯，這句話讓納杰爾陷入思考。追來的士兵八成都死光了，他們只要找到安全的路回去，就暫時不必擔心士兵的問題，現在的確是回頭的最好時機。

然而戴瑞最後的遺言仍讓他猶豫。戴瑞並不怪他，甚至要納杰爾追著幻影繼續下去。他抓緊衣領，明明天空已經不再降雪，也沒有急驟的狂風，他依然感到舉步維艱。

「我會考慮。」他靜靜地說。「假如……」

「假如？」

「不，沒什麼。」納杰爾瞇起眼，不打算在此時告訴黯月太多。他需要時間調整心情，黯月的建議只會讓他的煩惱再多添一筆。「妳幫忙撿些柴火回去吧，這附近看起來暫時還算安全。」

「那你呢？」

納杰爾抬頭看著天空，在內心計算自己還剩下多少時間可以行動。「現在

是下午嗎？」

「你……該不會分不出時間了？那些幻影到底影響你多少——」

「別管幻影的事了，回答我。」

過了很久，黯月才勉強擠出一絲聲音。「才剛過中午而已。」

和他現在看見的天色相同。納杰爾點點頭，吐出白霧。

「——我會在天黑前回來。」

❖

納杰爾甩開黯月之後，獨自回到士兵追捕他們的位置。

大型魔物沒有再出現，地上只剩打鬥的痕跡與血花，屍體大概都被魔物吞噬了，只能看見零星的裝備與武器散落在地上。他看著這片駭人的畫面，將斗篷拉緊，回到那個叫做議會廳的建築物內。

納杰爾踏入議會廳，那些被他們破壞過的痕跡都還保留著。

「——你有沒有想過……這可能是改變過去的好機會？」

若不是戴瑞的這番話，納杰爾也不會決定要來到議會廳，研究那些文獻。

一想起戴瑞白天還在這裡，與自己對話的表情仍歷歷在目，納杰爾的胸口便又刺痛起來——當初決定繼續深入亞特拉斯、前往議會廳躲避士兵，是他與戴瑞一起討論出來的決定——除了與士兵拉開距離之外，更多的原因是要讓納杰爾繼續追查幻影，甚至找出任何跟裂隙有關的記載文獻。

不過，幻影對納杰爾的存在沒有反應。

在來到議會廳的路上，他已經多少證明了這點。不管他如何試著與幻影中的人對話、觸碰，就是無法得到他們的注目，彷彿對這些人來說，納杰爾才是不真實的假象。

同時他也注意到，幻影中的時間正在快速流逝，街道的樹叢隨著不同時節開出不同顏色的花卉，人們的穿著也稍稍產生變化。但這裡四季如夏，若不仔細觀察便不會發現。

周圍的幻影們穿梭在寬廣的廳堂。或許是換季的節慶剛至，就連議會廳也熱鬧得不像個死城。納杰爾很清楚自己身處於現實的次數已經越來越少，甚至變成兩者逐漸混淆的情況。只要張開眼，那些過往的歷史便如影隨行，恨不得

將他吞入其中。

若是再待下去，他是不是就會像黯月害怕的那樣……連現實也分不清楚了？

他嚥著唾沫，看見熟悉的人影在人群中特別顯眼——是卡特，她不管到哪裡總是亮麗又顯眼。只見卡特走向休息室，與艾爾文等人揮別。然而納杰爾仍跟上前去，決定趁現在孤注一擲。

卡特穿著色彩鮮豔的裙裝，猛力推開休息室的門。

之前，是她坐在同樣的位置等待里歐爾議員，如今立場卻調換過來，變成她低頭俯視里歐爾狼狽的模樣。兩名士兵分別站在里歐爾兩側，只要他想起身，士兵腰上的刀隨時能夠出鞘。雖然判決還沒正式下來，但他這樣子已經完全被視為犯人對待，而她一點也不對此同情。

「離判決結果還有段時間。在他們命令士兵將你押進大牢之前，你確定不招出其他參與者的名字？」

「妳這個婊子，我真不敢相信。」他彎身抱頭，劈頭便朝卡特低吼。

「我暗示過你了。我能夠將我們的對話記錄下來，而它正好適合成為揭發你的材料。」卡特靠在門邊，輕描淡寫地說。

「不，我才不相信妳是在乎人祭的事，妳只是為了贏得最高議員的地位。為了這點，妳甚至寧可得罪半數以上的議員。卡特，妳根本瘋了！而我還愚蠢地相信妳的承諾！」里歐爾抬起頭來，憔悴的目光充滿恨意。

「誰說我在乎那位置了？」卡特雙手環胸，靠在牆上，以冷酷的眼神回望。「我是為了替無辜的靈魂伸張正義，他們都是亞特拉斯的一分子。信不信由你——」

「天啊，妳完全不懂！」里歐爾暴吼一聲，雙拳用力落在茶几上，杯子歪斜潑出冷掉的茶水，落到地板上化為碎片。「就因為那愚蠢的憐憫，才讓妳把人祭的事情公開？甚至向城裡的人公開消息？」

卡特打了個寒顫，但還是努力保持鎮定，不讓里歐爾察覺到她的緊張。

「人民有權知道。」

「不、不、不……那不是妳會做的事。我們已經試過各種方法了，卡特，人祭確實有效用。而妳卻毀了市民對議會的信任，妳所認為的救贖，只是更快將亞特拉斯推向滅亡！」沒想到議員反而冒著冷汗，無法置信地發出喃喃自

語。「我以為妳是個能夠辨明是非的人。」

卡特背脊一涼。「聽見人祭還能保持冷靜的你才是瘋了。」

「是因為妳戀愛了？讓妳忽然對那些所謂的『無辜的靈魂』心軟了？」

「你他媽在說什麼？」卡特頓時停止呼吸。

「妳和那個符文師。」里歐爾發出空洞的聲音。「沒有符文能夠對裂隙產生效用，妳卻偏偏要推動妳口中的符文計畫，甚至不惜用這種手段陷害我……告訴我，是因為妳從艾爾文那裡得到好處？還是單純被愛情矇騙了？」

「你──」卡特心跳加快，就連反駁的音量也跟著拉高。「我已經派亞德安證實了艾爾文的實驗，他用小型裂隙證明了符文的效果，這是連符文學院都承認的重大進展。」

「那種事我們也試過，用在大裂隙上卻是另一回事。妳很快就會知道了，那些符文陣不管用的。」里歐爾垂下頭來，發出又尖又脆弱的呼喊。「天啊。妳真的不明白自己在做什麼，對吧？」

「我無法相信你的話，里歐爾。」她的聲音藏著幾分恐懼。

「那就讓時間證明吧，妳會為了那個符文師賠上一切。我知道妳聽不進

去，因為妳已經被感情沖昏頭了，以至於以為自己無所畏懼。哈！」

「我們認識那麼久了，難道你還不瞭解我的為人嗎？我想的從來只有一件事，你第一次與我辯論時就該知道了，即使不得不成為敵人，我的信念也沒有改變過，那就是亞特拉斯的和平與未來。」卡特也低下頭來，不忍心看見里歐爾逐漸崩潰的表情。「拜託，別說出那種蠢話。好歹我曾經……敬佩過你。」

他們安靜了一陣子。

「不要使用符文，什麼都好。」最後，里歐爾伴隨嘆息吐出字句：「這是我最後能給妳的建議。」

卡特點頭，知道已經沒什麼好說的了。她抿起雙唇，輕輕推開休息室的門。

「我不怨妳，親愛的卡特。」那是溫柔到令人發毛的語氣，緊緊纏住了她。「遲早我們會在地獄相見。到那時候，我會接納妳的懺悔。」

她緊閉雙眼，將門用力關上。

不久後，又一批士兵朝休息室走來，卡特知道他們會把里歐爾帶去哪裡。

她不敢再多看，立刻遠離休息室，找了個靠窗的角落喘口氣。她雙手交抱，瞪

著窗角不發一語，直到艾爾文終於找到她。他身上也穿著鮮橘色的袍子，或許是為了配合這時節的氣氛，讓他整個人看起來朝氣蓬勃。

「原來妳在這裡，我去找亞德安來。」他莞爾一笑。

「別走。」她低沉地喊。

「卡特？發生什麼事？」艾爾文立刻敏銳地瞇起眼，湊上前搭著她的肩膀。「妳召集的那些議員正在樓上找妳，但是找不到，所以他們與里歐爾的派系先行握手言和了。所有人——好吧，應該是大多數——都認同妳提出的證據，也確定了里歐爾的罪行。」

「我知道。」

艾爾文安靜地觀察她的反應。「里歐爾不是唯一的參與者，對吧？」

「要把所有壞事交給里歐爾承擔，這是很簡單的小事。問題在於，真正斷了其他議員生路的人是我。」卡特指尖放在唇邊，表情恍惚地說：「我必須依照承諾，盡快跟其他議員提出補償方案，還有水晶的後續處理。你的符文研究也得在最短時間內提出成果報告。這些……原本是里歐爾該做的事……接下來就由我背負了。我沒有時間在這裡發呆。」

「那妳在這裡想什麼？」

她想了想，才開口說道：「一旦失敗，我會成為繼里歐爾之後的犧牲羔羊。艾爾文，你真的能夠保證你的符文裝置沒問題？」

「細節很難跟外行人解釋，但我可以告訴妳，那確實有用。亞德安替我去瞭解符文學院嘗試過的辦法，也帶了一些符文設計圖給我看。但那些設計確實都不夠完善，所以我做了補強與修正，學院也沒有意見。」說到這裡，他並沒有露出得意的笑容，而是感到遺憾地說：「里歐爾放棄得太快了，讓符文學院沒有機會繼續改善，否則他們遲早也能寫出我所構想的設計。」

「我可以信任你吧。」她臉色陰沉地瞪著艾爾文。

「當然，不然妳還能信任誰呢？」他聳聳肩，才發現自己似乎說錯了話。

「咳……我是說，在找來那麼多符文師替我見證的情況下，妳總該放心了吧。」

「這裡是議會廳，不是學校和你的期末考作業，艾爾文。我對你興致勃勃的態度沒有興趣，我只想知道這個裝置可以成功。」卡特的眼神變得激動，潛藏著不安的憤怒。「你剛才過來時，有看見里歐爾的狼狽模樣嗎？如果符文裝

置失敗，那就是我與亞德安的下場了。」

「我知道。」他垂下眼簾，笑容很淡。

「十年前你也這麼說。」這次她雙眼泛紅，甚至必須深深呼吸才能控制自己的音量。「但你還是走了，走得讓所有人都措手不及。我怎麼能相信……」

艾爾文輕輕嘆了口氣。「卡特，伸出手。」

「什麼？」

「我說伸出手。」他的手向前方伸出了些。

卡特表情明顯一僵，卻還是聽話地將手搭了上去，被艾爾文溫柔握住。接著，她細長的指頭多了只別緻的戒指。她訝異地眨眨眼，再抬頭望向艾爾文，才發現他的表情有些彆扭。「我原本想在更好的時機拿出來的，沒想到妳還真是性急，竟然向我逼婚。」

她雙頰發燙。「逼婚個頭！我只是警告你想清楚，要退出這場風暴就要趁早……」

「我想得夠清楚了。」他神色一凜，用力握住卡特的手。「我當然在乎亞特拉斯。以前之所以沒能回來，是因為我知道自己沒有力量，如果不是確信自己準備好一切，也不會有膽站在妳面前。卡特，妳是個比我優秀的女人，所以我是回來證明自己——除了證明自己能夠幫助亞特拉斯之外，也為了證明自己有資格娶妳。」

「證明……什麼？」

「妳已經聽得很清楚了。承認自己比不上喜歡的人，比套上婚戒需要更多的勇氣。」好笑的是，就連他的臉也發燙起來，瞇眼審視眼前的女人。

她嘴唇微張，雙眼多了幾分熾熱的情緒。

「但這個戒指可不是好預兆。」卡特笑了。

「沒錯，妳現在非我不可了。」艾爾文不甚滿意地噘嘴，彷彿很不甘願自己竟然在這麼沒有情調的地方告白。「而且最慘的情況是，我們還會被安葬在一起，可怕吧。」

「我會盡力避免那天提早到來。」卡特露出一抹稱不上爽朗的笑。「艾爾文，我知道現在說這些不合時宜，但你這是在因勢乘便。」她動了動戴著戒指的指尖。

「我知道。妳並沒有等我，卻也沒有遇到任何對的人，所以我只好大膽地

猜測，妳這一生也只有我能配得上了。」說完，他將眼神移開，不敢看卡特此刻的表情。「還有，現在要我再把戒指收回來會很尷尬。拜託妳別這樣做。」

卡特沒有將戒指脫下。相反地，她伸出手臂，抬頭將艾爾文的後頸勾住，將他拉向自己。他原以為那是要親吻的前奏，但卡特只是勾起嘴角，以極近的距離朝他吐出令人暈眩的氣息。

「配不配得上，我自己會判斷。」她恢復成往常自信的口吻，只是不再那麼針鋒相對。「接下來的日子會非常忙碌，艾爾文，你可要挺住了。為了亞特拉斯，我們必須解決這場災難。」

「妳──」

她放開面紅耳赤的艾爾文，晃晃掌心。「這份決心我就帶走了。」她一邊說，一邊爽快地與艾爾文揮別。「讓亞德安送你回去吧。別等我，我跟那些議員之間還有得忙呢。」

「等等！我想記錄下來的才不是這麼丟臉的求婚回憶……」

卡特顯然已經聽不見艾爾文的抱怨。

他只好將臉貼在牆上，長長吁了一口氣，讓自己從激動的狀態中冷靜下

來。

「符文裝置……嗎？」

皺眉說出這句話的同時，艾爾文的身影也開始變淡，像雲霧一樣漸漸失去輪廓，留下一片殘破、被積雪堆蓋的窗戶。納杰爾紅著臉，意識到發生什麼事的他，好一陣子才回過神來。他試著不去理會最後那段曖昧的影像，而是逼自己將思緒拉回里歐爾議員身上。

「不要使用符文，那是什麼意思？」納杰爾看著空盪盪的角落，連他都覺得自己像個瘋子似的朝空氣喊話：「你們的做法真的錯了嗎？為什麼不直接讓我看見結局？」

幻影就像是強迫在納杰爾面前翻開一本書，卻不讓他直接翻頁來到結局。這些片段都不是他真正想看的部分，他想知道的是亞特拉斯滅亡的真正主因，而且必須試著去改變或影響，沒有時間等幻影慢慢現形了。

納杰爾焦躁地轉過頭來，試著聚精會神，讓自己再看見新的影像。黯月的臉卻赫然出現在他面前，讓他驚呼一聲，往後退了一步。

「……妳。」

沒想到黯月不但沒有回到屋內，甚至還悄悄跟在身後，一路追到會議廳來。

她看到了多少？納杰爾才剛從心底冒出疑問，黯月便朝他走近幾步。或許是吹了太久的風，面具底下的她既蒼白又疲憊。這次她不用再開口，納杰爾也清楚她想說什麼。

「黯月？我不是要妳回去了？」他躲開黯月的視線，臉上的餘溫還沒退去。

「……我知道了，我也會從這裡找一些回去。」納杰爾冒著汗，一邊往樓梯上走。

她指指肩上收集的一小捆柴火。「不夠。」她說。

「你要去哪？」

「剛才不是說了嗎，我去找柴火。」其實他真正想去的地方是資料室。

「別去。」那虛弱的聲音又靠近了點。「別再看了。」

他心跳猛然加快。

黯月顯然看穿他的心思，納杰爾總是對她這點沒轍。直到現在，她還是那麼瞭解他。

「黯月，這件事很重要。我只差一點就能看見亞特拉斯毀滅的原因，只差一點。看完之後我就走。」他只好坦承。然而少女並未因此放下心來，而是朝他靠得更近。納杰爾看得出她內心的憂慮，但腳下的步伐就是無法停止，他越走越急，像是要將黯月甩開，迅速來到二樓的資料室，那些被他翻動過的書籍都還靜靜躺在地上。

他將紙張拾起，一一瀏覽內容，試圖無視少女的存在。

「所以你不復仇了嗎？」

「什麼？」

「對西奧多。」她難得地吐出那個名字。「我以為你會想回去王國。」

他嘲弄地撇起微笑。「真有趣，妳又是什麼時候決定站在我這邊了。」

「總比你現在的模樣好。」她臉色一沉，口氣變得陰鬱。「我看不出來你究竟想做什麼。戴瑞死了，你卻丟下其他人，跑來這裡對空氣自言自語，沉迷於古書與幻影之中。」

納杰爾臉頰一熱，索性直接盤腿坐在地上，打開一份份紀錄，再將它們不

斷往身後堆放。「我完全沒發現橋已經毀了，幻影影響了我。」他說。「我衝得太快，戴瑞來不及拉住我，所以才會為了救我而犧牲。我仰賴這份幻影帶來的方便，但也害死了他。」

「既然這樣，你還……」

「正因為戴瑞死了，也因為他主動鬆開我的手，叫我別放棄。」納杰爾忽然用力捏緊紙張，乾澀地說：「他明知道我被幻影影響，做出錯誤的判斷，卻還是要我繼續追逐那些影像。他相信我可以——」

「改變。」黯月這才頓悟過來，眼中閃過錯愕的情緒。「你們想改變過去？」

「……對，這是我們私下決定要嘗試的事。」他盡量不讓自己在講出這種話時顯得太瘋狂，但黯月還是用詭異的眼神打量他，一副極欲看穿納杰爾的表情。

「你不清楚那些影像的『本質』究竟是什麼。」

「但幻影述說的歷史確實存在。」他翻起其中一本會議紀錄。「這裡頭清楚記載了卡特議員的名字，以及她所做的事。她在亞特拉斯大爆發的前年，召

集議員商談，揭發亞特拉斯用人祭抑制裂隙的事實，而里歐爾議員正是這一切儀式的主謀者。這些內容都與我看見的東西吻合。」

「這不代表你能改變它！」

「我只能嘗試，好嗎？誰都說不準——該死，妳根本看不見我所見到的事情，所以妳當然能夠輕鬆論斷。可是這些片段不斷展現在我眼前，只要我現在一轉頭，他們就開始活躍起來，我甚至無法選擇不去看！」

「那太荒謬了。」她驚駭地搖頭。

「如果換成是妳與這些幻影成天相處，妳有辦法無視嗎？妳不會好奇，甚至不會動搖？」

黯月撇過頭。她很想反駁，囁嚅許久卻只勉強吐出痛苦的語調。

納杰爾知道她無話可說，才將注意力移回文獻上面來。「妳回去吧。」他低下頭，閱讀一份符文學院的裂隙研究報告。他皺眉努力解讀裡頭複雜的術語和名詞，忽視了黯月越加難看的臉色——以及她袖口間抽出的銀刃。

等納杰爾察覺到她的動作時，黯月的黑色雙翅如驟降的夜晚急速展開。她重重一揮翅膀，從原地迅速衝向納杰爾，將他整個人轟地一聲撞向書櫃。當那

雙翅膀消失的同時，整個資料室也掀起一陣狂風，紙張四散如雪花飛舞。她的刀刃抵著納杰爾的脖頸，精準的力道並未使他受傷，卻以驚人的俐落速度壓制住他。

「妳──」

「我不能讓你繼續下去。」面罩的陰影蓋住她的五官，使她的威嚇多了幾分真實的力道。「離開這裡，幻影就不會再困擾你了。」少女的口氣異常認真，讓納杰爾汗毛直豎。

「黯月……！」他咬牙起來，理智的聲音在腦中盤旋，要他試著冷靜說服黯月；本能卻欲抵抗情緒，令他的身體動了起來。納杰爾反抓住黯月的手腕，任刀刃擦過頸子，刺痛發熱的感覺蔓延開來，讓她意外發出驚呼。「妳想帶我走，好歹也要做到這樣吧。」他發出接近冷笑的挑釁。

「不……放開……」黯月似乎沒料到納杰爾會是這種反應。她抿著唇角，豆大的汗珠冒了出來，臉色也更加蒼白，就連握住刀刃的手都開始顫抖，氣勢完全扭轉過來。

「先動手的可是妳，不如我們就讓事情變得輕鬆點，直接一股作氣劃開這裡。如何？」他指著自己的頸子，作勢要施力，讓血珠就這樣沿著刀刃緩緩冒出。

「別這樣……！」她的臉色變得十分難看。納杰爾僅是輕輕鬆手，黯月便整個人跌坐在地，發出痛苦的喘息。「嗚……」她吐出幾聲嗚咽，半趴在地上，彷彿連撐著身子都特別艱難。

「怎麼回事？」納杰爾原本還在揑揉他被撞到發疼的肩膀，卻注意到黯月仍虛弱地躺在地上。他蹲下來，輕輕掀開她的面具，伸手撥開那汗濕的瀏海，才發現她蒼白的小臉正在發抖，額頭的溫度也燙得驚人。「該死！」他終於意識到異狀，連忙將黯月抱緊在懷中，才發現不只是額頭，而是整個身體都在發燙。

黯月依舊重複著同樣的話：「回去……」

「妳該不會是生病了？怎麼變成這——」他話音未落，便注意到黯月的衣服隱隱染上光點。他輕抽一口氣，伸手解開她的兜帽與披巾，才發現右胸靠近鎖骨處有一道傷口，雖然經過草率的包紮處理，繃帶底下卻仍泌出異色光點，混雜些許令人不安的氣味。

那是羽族的血。只有羽族人的血才會發光。

「傷口感染了。黯月！這是什麼時候的傷？」他厲聲追問。

「不、不要……」她閉著眼，吐息的節奏也紊亂起來。「回去……」

難怪從一開始她的臉色就不對勁。納杰爾捏緊指尖，幾乎想甩自己幾個耳光——剛才黯月真該將他的頭拖去狠狠撞牆的——他竟然連黯月的傷口都沒注意到，還以為那蒼白的臉色是寒冷所致。

「快回答我！這是魔物弄的傷嗎？還是什麼時候——可惡！」納杰爾將她的身體重新遮好，將她小心抱緊在懷裡，用力踢開那些擋路的文獻資料，大步衝出資料室。

「……納杰爾。」黯月的聲音氣若游絲。「我不……回去了。」

「閉嘴，好好靠緊。我們要走了。」他放柔語氣，快步走出議會廳，突如其來的冷風讓他打了個哆嗦。但重要的是黯月，他不能讓她繼續痛苦下去。

一路上，黯月似乎還含糊不清地講了些話，納杰爾幾乎聽不懂她在說什麼。但無論她說了什麼，他都會出聲安撫，反正她想聽見什麼，納杰爾就說什麼。只有這一刻，他全心全意地順從她。

他們不斷前進，直奔其他亞人躲藏的地點。

至於那些幻象在四周如何騷動，他都無心理會了。

Chapter V

當納杰爾將黯月帶回來時，那場面立刻嚇壞了那些還不明白狀況的亞人們。除了黯月的虛弱模樣外，納杰爾失去血色的表情也可怖至極，讓他們險些反應不及。兩名亞人女子立刻圍上前去照料，她們找了個升火的房間讓黯月躺下，也順便將男人們全趕出房外。

才剛關上門，黯月便發出刺耳的短促叫聲，破舊的門板根本擋不住裡頭呼喊的聲音，讓納杰爾頭皮發麻。他立刻在腦中浮現她們是如何剝開黯月的衣服，用燒燙的小刀割開黯月的血肉，光是想像她臉上的表情，他就渾身刺痛。

「怎麼回事？誰能解釋一下？」戴爾不耐煩地靠在牆上跺著腳板，雖然他像是在詢問眾人，眼神卻沒從納杰爾身上移開。

「似乎是被弓箭……就士兵那時……」其中一名圓臉亞人膽怯地開口。他的頭上看不見明顯特徵，反倒是雙臂明顯覆滿毛皮。

「箭？奧德里，你是說士兵的箭？」

「大概吧，我不確定……你們也知道，那時場面很亂……」

「既然現在暫時安全了，她為什麼不顧傷口，還在外面亂跑吹風？簡直是自找麻煩。」戴爾啐了啐聲。

聽了這句話的納杰爾胸口一沉。這段時間為了找到安全的棲息處，大家幾乎沒有時間停下來喘息。而黯月明明該留在屋子裡休養，卻硬是打起精神跟在納杰爾身後，想把他帶回來。如果他早點注意到黯月的異樣，就不會讓她抱傷行動了。

「是我的錯，我沒注意到她的狀況。」

納杰爾悄聲開口，反而讓所有人的聲音在瞬間消失，將目光集中到他身上。

「你沒注意到的事可真多。」戴爾不客氣地瞪著他。

「對不起，戴爾。」

「去你媽的，我在乎你的道歉嗎？你是怎麼搞的？我們兄弟倆要的是要為理想戰死，而不是因為愚蠢的理由白白犧牲。還是你對跳崖的定義與其他人不大一樣，嗯？」戴爾甩著頭，微微駝背的削瘦身影朝納杰爾走近。

「夠……夠了啦……」其他人連忙伸手阻攔，生怕兩人衝突起來。

「我會為自己的行為負責。等大家順利離開之後，你想要我如何補償都可以。」納杰爾沒有閃避那道眼神，口氣認真。

「不需要等到離開，現在就讓我把你踢下樓算了。」

「戴……爾……夠了！」奧德里用力推開想撲上去的戴爾，一張圓臉漲得通紅。「納杰爾在貧民窟已經幫大家那麼多了，我曉得他……他說會負責……就是會負責！別再給納杰爾壓力了，是士兵與魔物的錯……不是……他的錯。」

「媽的，滿嘴屁話！我也受過納杰爾的照顧。但要搞清楚，這是兩回事！」

「不管怎樣……現在……別吵！」

「男孩們，安靜。」貓耳女人突然打開房門，打斷他們吵鬧的交談。她一邊擦手，一邊抖著耳朵走向納杰爾。「黯月沒事了，箭傷只是裂開而已，真正的問題還是過度虛弱。這幾日為了警戒士兵，她幾乎沒休息吧。」

「確定不是魔物弄的傷？」納杰爾急促追問。

「不是，傷口本身很快就清乾淨了，與被魔物傷到後的色澤也不同。」

納杰爾警備的神色這才轉為放心，雙肩也跟著垂下。「藥草，我們有嗎？」

「很可惜，進亞特拉斯之前就弄丟了，如果有的話會更輕鬆些。其實……貧民窟內使用的藥草很常見，我猜這裡應該也有長，只是現在冰天雪地的，可能不好找。」

「我現在就去。」他想也不想地說。

「我也去。」戴爾忽然開口，不悅地撇著嘴。「我倒想看看納杰爾有什麼本事，能讓我哥佩服成這樣。」

「夠……夠了……」

「沒關係，要來的就來吧。多一點人出發，也能夠順便探路。可以的話，希望能盡量避開那隻魔物，離開城裡。」納杰爾搖搖頭，接著掃視眾人，觀察他們的意願。很快地，在場的男人紛紛舉手應和。「那就這樣吧，我帶四個人出發。我們馬上回來。」他轉頭對伊萊文說。

「好了好了，別拖時間。」戴爾拍拍腰上的武器，率先大步走下樓梯，其他人才跟了上去。

圓臉亞人尷尬地看了納杰爾一眼。「唔，抱歉，戴爾他……」

「走吧。」他搖搖頭，安撫似的拍拍奧德里的肩膀。

他們來到屋外。雖然視線還算清楚，但離天黑也只剩下一些時間，所有人默契地停下動作，安靜等待指示。納杰爾只抬頭打量了一會兒，便雙手扠腰，直直往日落的方向去。

「你知道藥草在哪？這麼快？」戴爾抬起眉毛問。

「不，我不知道。但藥草肯定長在靠郊區的地方吧。」納杰爾掃視四周，又開口說：「雖然城裡也有藥草店與藥草田，但因為靠近市中心的緣故，全都凍結到不能用了。我只是覺得，如果往郊區走，那裡或許不會那麼寒冷，藥草也能生長。」

「噢。」戴爾斜眼望向別處，接著不再說話，默默走在納杰爾身後。

他們沿著冰霜漸融的石板道前進。濕滑的道路特別難走，一行人手握武器，以免魔物隨時從角落衝出來，尤其奧德里特別緊張，走起路來也畏畏縮縮，還不時被浮雲的影子嚇著，抬頭確認那是不是巨大魔物的身影。

「我們……有可能再遇上……那麼大的魔物嗎？」

「我不知道，我想那應該只是少數。」納杰爾瞄向建築物旁，幻影又在騷動，逐漸從模糊的人影構築成形。這次他試著不去看。「之前魔物入侵貧民窟時，我也見過像整台馬車那麼大的魔物，數十隻裡只有那一隻。亞特拉斯內大概也是這樣。」

他猛然回想起魔物大舉入侵的那次——也是貧民窟死傷最多人的一天——他親眼看著巨大的錐狀魔物像一艘飛船從他頭上飛過，帶著奇異的低沉聲響，緩緩遮住天空一角。既不像貴族那樣帶著譏諷的嘲笑，抑或是士兵惡意的欺壓，巨型魔物反而只帶著純粹的死亡象徵，那瞬間產生的絕望，足以在納杰爾心底留下深刻的陰影。

「我……也看過納杰爾說的那隻……但這裡的又更大了，還有冰霜……不斷從它身上冒出來……」

「冒出來？」

「我、我是這樣想的……」

納杰爾試著回想。確實，魔物身上結了不均勻的厚厚冰霜，但他還以為那是單純適應了環境，或是長期在冰河處移動的結果。不過奧德里特別提起，他才意識到那樣的覆霜看來並不正常，畢竟其他魔物都沒有類似的情況。

「既然這樣，就更該避開它了。」納杰爾壓低聲音。

風在此時又開始吹得凌厲，他們索性不再多話，而是拉緊衣服謹慎前進。幸好路上遇到的都只是小型魔物，而且數量越來越零散，想要解決它們不需費太多力氣。他們越走越遠，直到建築物不再密集，鋪在路上的石板隙縫雜草叢生，逐漸蔓生成一片草原，納杰爾才停下腳步，專注感受幻影的存在。

這裡也看得見大裂隙延伸的痕跡，再過去就是陡峭山陵形成的天然障壁，想從這裡翻山離開亞特拉斯是不可能的。

「奇怪？這裡好像變溫暖了……」

「我倒是沒啥感覺。」戴爾踢著腳邊的石頭，吸著鼻子觀察周圍。「是那個嗎？」

納杰爾順著聲音看去，只見雜草中混雜著紫紅色小花，但原本該像是結成了飽穗似的低垂著。他伸手一摘，發現葉子軟枯，花穗也開得零零落落。

「我以為藥草的花是藍色的啊？」其中一個人狐疑出聲。

「白痴，藍的是葉子裡的汁。」戴爾冷哼起來，雙手插在口袋裡。「我和

老哥經常負責採集這種草，所以也熟悉作法，但我看這草貧弱的模樣，大概榨不出多少東西來。」

「總比沒有好，盡量多收集一點吧。大家分頭行動，但別距離太遠了。」

納杰爾拉著披風，其他人立刻聽話地分散行動。畢竟日後他們也許同樣會有需要藥草派上用場的時候。

他們一個個拉開距離，同時又保留在彼此能看見行蹤的範圍，不時向彼此吆喝確認進度。在緩慢的作業過程中，納杰爾則來到靠近裂隙的地方，沒想到天色反而正在刷亮，草原在陽光下欣欣向榮，結滿鮮豔的雜色小花，是幻影。

又來了，它在蓄勢待發。

那些年輕的學者幻影（不管是亞人還是人類都有）就站在裂隙附近，興奮地互相爭論納杰爾根本聽不懂的符文理論。在這些人之中，只有披著橘袍的艾爾文特別顯眼，與亞德安並肩走向納杰爾眼前的位置，似乎饒富興味地打量起來。

直到這麼接近的距離，納杰爾這才注意到艾爾文的五官似乎又成熟了些，而且多了幾分疲態。比起第一次見面的印象，艾爾文如今更有沉穩學者的架

勢。或許是因為納杰爾故意略過幾次幻影不看，抑或是幻影本來就不照順序顯示。

亞德安站在艾爾文身後。他一邊掏出符文瓶，平靜開口：「今天很多議員都來旁觀了，他們看起來都很不安，你要去招呼嗎？哪怕是和他們說明一下也好。」

「不用啦，卡特在那邊吧？這樣就夠了，真希望他們別那麼緊張。之前已經灌入符文能量那麼多次，情況都很穩定，這次不過是更正式的演練罷了。」艾爾文享受微風的吹撫，滿足地彎起雙眼。「即使沒有靠近裂隙深處，只要選對位置，一樣能夠發揮作用。這點我也強調很多次了。」

「好的，那我去叫學員們就定位置。」亞德安露出令人安心的微笑。

「麻煩了。」

納杰爾不願再看下去。他撇過頭，寧可彎下身來仔細尋找藥草，也不要再去注意艾爾文的背影——別去看、別去想。黯月都已經變成這樣了，現在不是時候。

納杰爾試圖專注精神，抗拒那些幻影的顯現，一邊回頭確認其他夥伴的位

置，幸好，他們都還在自己的視線內。他索性走向夥伴身邊，刻意遠離那些景象。

「有找到足夠藥草嗎？」

「連顆屎都沒有，盡是些雜草。」離他最近的戴爾從草堆中站起，同時伸手搔抓自己的後頸，神色尷尬。「醜話先說在前頭，就算找到了，這些草的效果也未必比貧民窟的好。你可能得找到很誇張的數量……」

「只要黯月有需要，多少都不是問題。」

戴爾沉默地看著納杰爾，像是對他堅定的回應感到吃驚。接著戴爾才抓抓頭，試探性地問道：「嘿，我還想問個問題。你不打算對付那隻魔物嗎？」

「對付魔物？」

「那隻見鬼的冰凍魔物。」戴爾不正經地站著，用腳尖撥弄周圍的草地。

他沒想到戴爾會主動提出這個要求。

「它很棘手，不是我們應付得來的。」

「是嗎？我們在貧民窟時，貴族和他的護衛也不是我們應付得來的人。但你還是與他們對上了。」戴爾瞇起眼，像是在回憶以往的日子。「你曾經跟那些混蛋妥協，試著壓下各種紛爭。但過了幾年後……事情不一樣了，你懂得反抗他們、攻擊他們。有事情改變了你。」

——是黯月被迫離開貧民窟的那天。

納杰爾的眼神變得冰冷，習慣性地撇起諷刺的嘴角。戴爾的話也將他拉回以往的記憶，讓他回想起黯月還被稱之為伊芙的那些時光。那時的她更多話、更溫柔，也還不習慣殺人與當探子。她原本可以不必成為現在這副模樣的。

「因為我體認到妥協毫無意義，他們只會更加肆無忌憚，一一拿走你重要的東西。」

戴爾雙眼變得發亮，表情也激動起來。

「你早該那樣做了，該死，我不懂你為什麼直到幾年前才醒悟。想要的就去搶奪、爭取，不願被壓榨就用性命拚鬥到底，那才是——媽的，那才是我跟戴瑞崇拜的你——當知道你獨自將王城摧毀的時候，我和戴瑞就確定了，你是我們要永遠追隨的英雄。」

英雄？

這個字眼讓納杰爾忍不住別過頭。

「我沒能將王城完全摧毀，也沒有你們以為的那麼好。」納杰爾移開視線望向遠方，蔥翠的綠地看起來生氣盎然，幻影如浮光掠影不斷變幻。

「顯然如此。你一直在帶著我們逃跑，變回那個只會妥協的懦夫。」戴爾的臉龐垂了下來，令人摸不著他此刻的思緒。「怎麼？那個充滿力量、不顧一切達成目的的你去哪裡了？」

納杰爾安靜地看了那變幻的風景好一會兒。「你的意思是，要我去對付那隻魔物。」

「不，是我要去。當然你要加入也行，和我去把那吞了戴瑞的混帳東西撕碎。如果你還是那個我們所相信的你。」

納杰爾輕輕嘆著氣。如果是前幾天的他，或許真的會聽戴爾的建議，不顧一切去對抗那隻魔物。但現在經歷了這麼多事、犧牲了重要的夥伴，內心的理性立刻強烈反彈這個念頭。戴瑞已經死了，不能讓戴爾也跟著犧牲。

「你還是別去了。就算黯月痊癒，我們所有力量加起來也打不倒它的。」

「為什麼？你連試都還沒試過！」他咬牙怒喝。

「戴爾，我不想再讓剩下的人輕易葬送性命了。」

眼前的男子臉色開始變得陰沉，削瘦的臉龐下明顯流露出失望之意。

「真不敢相信。你竟然會這麼說，真不敢相信。」他再次搖頭，發出討厭的笑聲。「好吧，看來是我高估了，以前的你……起碼還知道自己是為了什麼而軟弱。」戴爾輕蔑地吐出這句話，踢著草地轉身走開。

看著那身影，納杰爾竟然感到如此熟悉，卻又有種說不上來的無力。

戴爾的身影看起來孤傲又悲傷，憤怒包圍著他，讓他聽不見任何理智的聲音──那模樣納杰爾再瞭解不過了，他就是因為經歷過一樣的傷痛，才會為了消除那股怒火而來到亞特拉斯。

原以為王城墜落之後，一切想法都可以隨著自己的行動逐漸明朗。然而在經過這些事情之後，納杰爾反而搞不清楚自己該怎麼做才好了。那些原以為都無所謂的選擇，明明順著情緒就能不去思考，如今卻有股陌生的罪惡感開始緩緩吞噬自己。

對安潔莉亞的利用、對黯月的態度，或是讓王城墜落的後果……他所做的這些事，真的都是為了貧民窟的居民著想嗎？現在就連想著這些念頭時，他也無法肯定。

他茫然回頭，發現暗下的天色籠罩草原，十數道黑影在遠方晃盪，圍繞在裂隙的隙縫兩側，宛如漸漸成形的鬼魅。

大概又是什麼新的幻影——他才剛這樣想完，風便在四周毫無方向地吹起，形成一股不受控制的亂流，過於真實的感受讓納杰爾不禁拉緊斗篷，被現場瀰漫的緊張氣氛感染。在離裂隙不遠的地方，那十幾道人影終於變得清晰，他們都是年紀相仿的年輕符文師，穿著同樣顏色的制服長袍施放符文法術。而在裂縫盡頭帶著他們動作的，是艾爾文。

納杰爾原本不想再看，但這莫名盛大的場面仍然吸引了他，讓他不禁注意起來。

「撐住。務必穩住通往龍眼湖的符文能量流動，千萬不要大意！」

艾爾文高舉雙手，五官帶著以往所沒有的嚴肅神態，大聲引領其他人的動作。而他們腳前的裂隙在符文能量的運作下，隱約透出藍色光輝，像湖水一樣閃耀著粼粼光澤，彷彿在呼應眾人灌入能量的節奏。

納杰爾在心中閃過疑惑，忍不住走近一點細看，便發現符文師的數量遠不只這點。他們沿著細小的裂縫站定位置，每隔一段距離便由一名符文師引導能量。而這細小的裂縫盡頭接到龍眼湖的位置，經過魔物不斷湧出的大裂隙，再沿路擴散到海口。這樣推估下來，符文師的數量起碼將近百人。

每個符文師手上都拿著特殊的能量裝置，腳邊也畫出相對應的複雜符號。

納杰爾看了看，馬上便放棄解讀那些符號代表的含意。不過光憑眼前這幅光景，他已經明白發生了什麼事。

——這就是艾爾文打算封住裂隙的辦法。

雖然不曉得過程細節，但他在資料室裡看過艾爾文呈上的報告書，顯然是將符文能量經過轉化之後，再經由裂縫逐步引導至裂隙深處，就像從邊緣灌入凝膠，甚至促使地層密合。

這當然需要複雜的工序與大量人力的配合，納杰爾也不免被這龐大的場面震撼。

忽然間，藍色柔光在湖面附近變了調，在一陣閃光與不和諧的聲響中，變幻成了紫色、暗紅色，或是接近黑色的各種色彩，那明顯不是艾爾文的本意，因為納杰爾看見他驟變的嚴肅臉孔。身旁的符文師也紛紛驚呼起來，卻不敢亂動半分，以免符文能量變得更加混亂。

「怎麼搞的？」艾爾文不顧形象地大吼：「大家快停下！別讓能量繼續運作！」

符文師們聽話地準備收手，但似乎為時已晚，湖邊的異狀越來越強，變成一團凝聚的黑色能量，彷彿半圓的能量罩逐漸膨脹，還伴隨著刺耳的低音，震盪著城市內的空氣。

就連納杰爾看見那場面，也不免驚嚇地退後一步。

「不是停下了嗎，為什麼還……」

「那光芒的顏色……簡直錯得離譜！」

年輕的符文師不安地彼此靠近，望著裂隙遠方的反應，冒出冷汗，交頭接耳討論起來。只有艾爾文率先反應過來。他拔腿想衝向湖的方向，但才剛踏出腳步沒多久，那股黑色能量便在一瞬間收束消失，轟地沿著裂隙沉進湖底。下一刻，整座城市開始劇烈地震起來，艾爾文險些站不穩腳步，只能趕緊停在原地，穩住身子。

整個空中都在迴盪隆隆巨響，就連他們身處的山坡也在震動中咆嘯。「艾爾文！」卡特不知何時也靠了過來。她的臉上多了幾絲歲月的痕跡，但依然風姿凜然。「你們在搞什麼？湖水怎麼忽然變成這樣？」

「不是這裡，而是湖那邊的符文師……計畫出錯了！」

「亞德安監督的區域？」卡特臉色一變，抓著艾爾文在晃動中穩住腳步。

他們相擁著彼此抬頭，看見更駭人的畫面——湖面中央變得洶湧翻騰，原本澄澈的色彩如今混濁起來，夾帶著泥土色與黑色的暗光，從深處漸漸變得鮮明——大量魔物伴隨著噴發的湧泉衝出表面，或許是因為數量過多，黑色的幾何狀體聚集成一道柱子指向空中，並在半空擴散開來，像黑色驟雨落在亞特拉斯城內。

「不可能……不該會變成這樣的……」艾爾文臉色蒼白，不敢置信地握緊拳頭。

「別管原因了！找到亞德安，一起回到議會廳見我！其他符文師一起幫忙士兵處理魔物，快點！」卡特咬牙朝艾爾文大喊。餘震才剛停，她便率先站起身來，衝向議會廳的方向。

「唔……！」

艾爾文轉過頭，看見那些徬徨無助的符文師。他們都呆呆站著，臉上帶著

同樣驚駭的表情，甚至有的已經啜泣起來，害怕地跪在地上顫抖。

「我們……毀了這座城市嗎？」其中一名年輕符文師的聲音破碎在風中。

艾爾文表情痛苦地摀著胸口。他舉起手，看著手上刻著符文的手環，接著才再次抬頭向大家說道：「現在先解決眼前的危機。你們都聽見議員的指示了，別猶豫，越慢去幫助士兵，就會有越多人出事。快走。」

他話才剛說完，一隻隻魔物已順著裂隙來到他們眼前，發出奇異的磨擦聲響，像是瘋狂的餓獸朝他們直直撲來。艾爾文反應過來，立刻拋出腰間其中一個小符文瓶，符文瓶在撞上魔物的瞬間爆裂，強大的能量在激烈的亮光中將附近幾隻魔物撕裂開來。但才剛安全沒多久，就有更多魔物像是黑色湧泉般從裂縫冒出，往艾爾文等人衝來。

「動作好快……它們是循著裂隙的痕跡過來的？」

「這樣、這樣殺不完！」

「救命！」

年輕的符文師們顯然沒有應付過這麼多魔物，他們紛紛亂了陣腳，手中的符文能量胡亂向外拋出，不但沒有擊中魔物，還被圍捕的魔物們咬開胸口與頭

顱，發出短促的哀號便癱軟倒地。沒想到魔物仍不放過那些屍體，前仆後繼地擁上去，大口吞噬學員的血肉與符文瓶。

「——渾蛋！」艾爾文刷白了臉，氣勢卻是前所未有的憤怒，他大吼著從腰間掏出更多符文瓶，每一個小瓶都具有驚人的威力，當他碎裂瓶身的瞬間，龐大的能量也無情地將魔物炸開。「其他人全部撤退！快走，去找士兵庇護！」他轉頭對剩下的符文師大喊。

「艾爾文，那你——」

「告訴卡特，我很快就會回去。」

他咬著牙，雙眸間燃燒著不言而喻的憤慨。

而在艾爾文背後，是十數隻大小不一的黑色魔物飄浮在半空中，身上的眼睛一致集中在艾爾文身上。他高舉符文瓶，在魔物朝他撲去的同時，瓶身發出最後眩目的光芒。納杰爾也站在那群符文師之間，被那光芒照得睜不開眼。

他腦中卻在這時回想起貧民窟被入侵的慘狀，原本就脆弱的房屋飽受摧殘，士兵直接丟下貧民不顧，將他們做為魔物的誘餌——那天的情形也像此刻充滿絕望，整座城市被哀號與慘叫籠罩，沒有任何足以抵擋的力量。

無助地犧牲。

每次等待貧民窟的，總是一樣的結局。

納杰爾垂著頭，本能抽出腰間的長刀，想往前踏出一步。

「可惡——」

「納杰爾！」

他手中的刀才剛刺出去，一隻粗壯的大手已用力扣住他的腰際，將他從幻境中硬生生拉回，是奧德里。奧德里將納杰爾壓在地上，藥草也順著那力道散落開來，

「放開我！艾爾文就要——」納杰爾的刀仍在空中揮舞，卻只砍到飄散的草葉。

「你在說什麼……不能再往前走了！你會跌進裂縫裡的！」

納杰爾咬牙喘著粗氣，瞪大雙眼看著地面，原本在幻影中只是表面細小的裂痕，如今卻變成又深又長的裂縫，跌進去不至於摔死，但肯定會受傷。但納杰爾仍停留在幻影中的情緒，那幅景象依舊震撼著他，艾爾文消失在閃光前一刻的表情，也深深烙印在他心底。

為什麼事情會變成這樣？

「奧德里，我必須去看清楚——」

「……別這樣！那裡什麼都沒有，你究竟看到什麼了？」奧德里露出嚇哭似的表情。

他說得沒錯。那裡確實什麼都沒有，原本變色的天空、噩夢色的魔物、被啃咬的屍體、命懸一線的艾爾文……如今都已經完全找不到了，只剩下蒼茫銀白的遠景、死寂的風與冰冷的空氣。就在納杰爾再次想投入其中的時候，那幻影又無情地徹底消失。

納杰爾拋下手中的刀，伸手遮起自己的雙眼，僅露出一抹慘淡的笑容。

「……我受夠了，這些該死的過去……到底算什麼？」

「納杰爾？」

「這一切……啊哈哈……！」

奧德里鬆開手，害怕又困惑地看著納杰爾。

而他躺在地上，不斷發出接近哭泣似的笑聲，久久無法自己。

❖

「唉呀。你們終於回來了，沒事吧？還有藥草──」伊萊文的笑容在看清楚眾人的行囊後，立刻轉為驚愕。「我說，這份量是不是太多了？」

「女人，睜大眼睛看清楚點，這每一株都要死不活的，我還怕不夠咧。」戴爾甩著銀黑色的尾巴，沒好氣地噴著鼻息，率先從門口擠進來，將藥草一股腦丟到貓耳亞人身上，急忙跑去壁爐旁取暖。「媽的，外頭冷死了。剩下給你們處理，我可要休息了。」

「這份量兩隻手都抱不住啊……」她似乎仍有些苦惱，這才對上納杰爾的視線。「對了，黯月已經醒了，看起來狀況越來越穩定囉，你要去房間看看她嗎？」

「嗯。」他漫不經心地點點頭，那道陰鬱的眼神讓眼前的女人蹙起眉頭。

「你們真的還好嗎？沒遇上魔物吧？」

「沒事、沒事啦……」奧德里乾笑起來，像是要掩飾不安的過度爽朗，反而使他的表情變得無比扭曲。「我們一起去看伊芙……藥草就麻煩了……」

「是嗎？算了，一起走吧，反正這藥草也是要在她那兒處理的。」

他們一起走進黯月休息的房間，這裡似乎比較防風，爐火也盡可能讓房間維持溫度，讓這座木屋總算有種適合住人的感覺。黯月坐躺在床上，正好對著他們開門進來的方向。

此刻她已脫下面具，露出左臉頰淡淡的傷疤，身上也改穿著輕便簡陋的袍子，表情雖然還有些疲態，但看得出來精神已經恢復了大半。他鬆了口氣，吐出來的卻是與心聲完全相反的話。

「下次別再逞強了。」納杰爾劈頭便說。

「這是我要和你說的。」黯月輕輕抬起頭，挑戰似的迎上他的目光。

他們就這樣互相對視了一陣子，那奇異的氣氛讓身旁的亞人也跟著尷尬起來。

「總之沒事就好……大家都很擔心伊芙……尤其是納杰爾，對吧……」

「……唉。」納杰爾撥著雜亂的紅髮，在奧德里陪笑的聲音中逐漸放軟態度，他拉開一張椅子，坐到黯月身邊。「妳再睡會兒吧，藥草要處理還得花點時間，我會陪著妳。」

「你不會又四處亂跑了？」

「是啊，如妳所願。」

黯月低著頭，抿起沒有血色的唇角。她沒有回應，而是輕輕將棉被抓出皺摺。

「嗯、呃……總之……那個，只要伊芙身體狀況恢復後，我們就可以……離開了。所以妳放心休息吧……納杰爾會想法子讓大家離開的。」

「對呀，只要避開像那樣的大魔物，總會有辦法吧。」伊萊文也說得輕鬆，蹲在爐火旁摘除藥草多餘的部分，和奧德里簡直是一搭一唱。

納杰爾拉下兜帽，雙手撐在腿上，表情凝重地看著地板。

「那種事，就讓其他人接手吧。你們還是別指望我了。」

「說的對……咦？什麼？你說什麼？」奧德里高叫出聲。

「奧德里，你也看見我下午的狀況了。我不適合帶領你們，只會增加危險罷了。」

「什麼？什麼狀況？怎麼回事？」伊萊文尖叫起來，險些將藥草拋進爐火中。

「不、不不不……但是！」奧德里頓時變得面紅耳赤，講話也更加結巴。

「我就直說吧，我不是適合帶你們離開這裡的人，今後也沒辦法引領你們。我並不是英雄，只是個自以為是的笨蛋罷了，抱歉，讓你們失望了。將這些話儘管告訴其他人也沒關係，害你們因為我的緣故拖下水，真的很抱歉。」

「怎麼……突然說這個……！」

「沒什麼好突然的，我是個混帳。一直都是。現在我只是把事實說出來而已。」

「不對、不行啊！如果不是納杰爾……大家是不可能團結的！」奧德里跳了起來，著急地抓著納杰爾肩膀搖晃。

伊萊文也放下藥草，理直氣壯地開口：「沒錯，我們都是為了納杰爾才來到這裡的，大家都很仰賴你的能力，也因為你活到現在。你怎麼會認為自己什麼都沒做到呢？」

「那只是你們誤會了自己的好運吧。」

「才不是這樣……！」

「納杰爾都已經開口了，你們還不能自己做決定嗎？」沉默的黯月突然開

口，冷冷掃視其他亞人。「既然目標已經明確，不管是誰來接手帶領都沒關係，很難辦到嗎？」

「才不是每個人都能做到！妳妳妳能想像……我帶領大家的樣子嗎？他能夠做到，正因為他是納杰爾啊……！」

「沒錯，我也不想被奧德里指使呢。拜託了，再好好想想吧，你肯定只是太累了，才會把所有問題都攬在自己身上，其實很多事都不是你的錯——」

「不，都是我的錯。」納杰爾硬生生打斷他們的聲音。「若不是我衝動擊下王城，太陽王國就不會急著清算你們。若不是貴族為了逮捕我，就不會派出精銳部隊出現，逼大家逃往亞特拉斯。若不是我太依賴自己看見的幻影，就不會害死其他夥伴，更不會誤跳斷橋！這些從來都不是你們的問題，是我自己的錯！」

「貴族……幻影……那是怎麼回事？我……我不懂……」奧德里抱著頭，一臉茫然的表情。「可是、可是可是……不是納杰爾的話就不行啊……要是連納杰爾都辦不到，大家就只能完蛋了吧……」

「就是說啊，你這番話聽起來，才更像是棄大家不顧吧。」

納杰爾哽咽了一聲。

他很想反駁，卻又發不出半點聲音來。那股掙扎的表情被黯月盡收眼底。

「——可以請你們出去嗎？我想和納杰爾單獨聊聊。」她歪著頭說。

「等等，我們還沒說完……」

「你們妨礙到我休息了。」黯月的聲音壓低了幾分，這才終於讓他們閉了嘴。

他們安靜地離開，將門也一併關上。

「妳開始懂得威嚇人了。」納杰爾苦笑起來。

「那不重要。我想的只有一件事，自我從王城裡救出你，直到現在，我都在等著這一刻。」她小巧的臉蛋沒有欣喜，反而帶著憐憫似的哀傷，穿透納杰爾的靈魂。

「納杰爾，我們——必須好好談談。」

Chapter Ⅵ

「妳要說什麼？」

納杰爾一手撐著臉頰，充滿倦意的眼神毫無生氣，內心卻因為黯月的聲音起了漣漪。

「我……不明白你現在在想什麼。」她直接坦承。

「那很正常。我們已經分開一、兩年，妳變了，我也變了，不瞭解彼此也很正常。」

「你的改變是因為我嗎？至少，那些夥伴是這麼告訴我的。」

「……」納杰爾壓抑著激動，不願回應。

「那時候，貴族發現了我的羽族身分。」她垂下眼簾，語帶嘆息。「我沒能殺死他。」

雖然黯月悄悄換了個話題，納杰爾仍然明白她指的是什麼。

兩年前，名為拉基的貴族為了擴建工廠，偷偷瞞著貧民窟的人民想拆除住宅區，甚至派人放火企圖燒毀房屋。黯月為了阻止貴族的陰謀，與納杰爾的行

動產生歧異，竟然私自冒出暗殺對方的念頭。

「那真是個蠢決定。若不是我拚命打聽妳的去向，也不會發現那些貴族把妳抓起來拷打，妳很可能會死在他們手裡……不，下場會比死了還慘。妳也很清楚那些貴族的骯髒手段與……興趣。」他微慍地看了她一眼，彷彿到現在仍無法原諒。

羽族雖然是亞人，但在亞人一族中也是極為稀有，其蘊藏的力量既神祕又強大。從以前納杰爾就注意到，太陽王室似乎對羽族抱持特別強烈的關注，不管是基於喜好抑或警戒，對黯月而言肯定都不是好事。

所以當貴族發現黯月的真實血脈後，黯月的命運就被決定了。

「沒錯。我一個人偷偷策劃方法，即使會犧牲自己的性命，也要取走貴族的性命。」她哀傷地望向納杰爾，露出接近笑容的無奈表情。「這過程，聽起來很耳熟？」

「妳——」

「那時候的我只想著用自己的方式復仇，以為殺死貴族就能解決所有問題。可是看著現在的你，我反而覺得，說不定是我害你步上與我相同的後塵。」

那哀傷的語氣像是在他身上用力揍了一拳。

納杰爾一陣啞然，內心的漣漪頓時化為駭浪，直到黯月再次開口。

「如果是這樣，我很抱歉。納杰爾。」

他雙眼頓時一紅，發出沙啞的嗚咽。「該死，我要的不是妳的道歉！我明明只是想讓身邊的人過著幸福的日子，為什麼總是那麼困難？不管我選擇憤怒——或者不憤怒——都無法改變事實，離開的人依然離開，留著的則一個接一個死了——」

看著他突如其來的淚水，黯月倒抽一口氣。她顫抖地將身子向前，伸手貼在他的大手上，他卻像是吃了一驚，用力吸著鼻子將手抽開，將淚水連忙從臉上擦去，不讓黯月再多碰一秒。

「納杰爾……」

「夠了。王城的事，我只是單純想發洩罷了。我沒什麼頭腦，能想出來的方法也就只有這樣，以後大概也會這樣生存下去，妳不需要替我解釋。」他遮起五官，硬是擠出低沉的聲音。

「你在故意擺出那樣的態度。」

「那又怎樣？妳也已經沒必要關心我了。這次之所以會來救我，不過就是受了阿辛的委託而已，不是嗎？」

「不……」

「不然妳又是怎麼想的？說說看吧，妳總是拿阿辛的名字說嘴，卻從來不提自己的事，為什麼不聊聊妳自己？為什麼不問我們過得如何？在我看來，妳也不認為自己是我們的夥伴了。這確實是事實。因為不管妳真正的想法是什麼，從妳離開的那天起，這一切就是無法回頭。」

她臉龐稍微浮現一抹血色，卻又尷尬地說不出話來。最後，她選擇低下頭。

看著黯月的反應，他不禁用一聲冷笑掩飾自己的失望。

「既然談話不是妳擅長的事，就別再勉強自己。妳早就不是貧民窟的一分子，別老是用那種口氣跟我說話，我和妳之間的關係，在妳救回我的那一刻就結束了。」

「這句話也是故意的，對吧？」她沉痛地閉上眼。

「妳說呢？如果妳真的不想給我負擔，那就不要每次都由我……親自送走身邊的人。」他完全擦乾眼淚，猛然站起身子，背對著不去看她。「別再管我了。信不信由妳，那樣對我們都好。」

納杰爾走到房門口，伸手將門用力拉開。

「等等……」

——他原本打算就這樣頭也不回地走出去，讓這個話題結束，讓黯月從此在他的生命中消失，也好過像這樣若即若離。

然而當他將門拉開的同時，好幾名貼在門上的亞人擠成一團，帶著驚訝的表情朝納杰爾的身上重重跌去。

「哇啊！」他們同時發出驚叫，將反應不及的納杰爾壓倒在地，就連黯月也臉色一變，冷冷掃視那些亞人臉上尷尬又惶恐的反應。

「你們……？」

「我、我們只是剛好要敲門進來。」

「沒錯，我們什麼都沒聽到。」

「是啊，都怪這房子隔音太好了，所以——」最後一名說話的傢伙被眾人

摀住嘴。

他們臉上充滿焦慮與擔憂，抓著納杰爾的衣袖不放。被這些突如其來冒出的人一打斷，納杰爾稍微恢復冷靜，他冒著冷汗，臉色僵硬地坐起身。「你們到底想做什麼……」

「奧德里剛才都跟我們說了，幻覺的事是怎麼回事？」

「是惡靈纏身了吧？為什麼不早點告訴我們？」

「是啊，別對自己沒信心，納杰爾大哥，你還是有辦法帶領大家的！」

所有亞人七嘴八舌地抓著納杰爾，幾乎快貼到他身上。不是逼問幻影的內容，就是求他繼續擔任指揮的位置，就連戴爾也站在門邊，臉色陰冷地扠腰看著納杰爾，似乎在等待納杰爾做出解釋。

納杰爾這才明白他們聚集在門邊的原因。他原本就料到奧德里會把話傳出去，只是沒想到這些人的反應竟然激動到這種地步，就連他自己也嚇了一跳。

「幻影的事……沒什麼，就只是偶爾能看見過去的亞特拉斯罷了。」納杰爾的斗篷被他們一人一手抓著，他只能勉強掙扎，試圖輕巧帶過那些讓自己困擾的事情。但那些亞人似乎更驚訝了，無不發出長長的驚嘆。

「原來你有這種體質……」

「果然是惡靈！如果是在貧民窟的話，我就能幫你進行祖傳的驅邪儀式了！」

「不，只有在亞特拉斯才會這樣。我也不曉得是怎麼回事，但只要離開這裡，或許就沒問題了。大概吧。」納杰爾啞著嗓子反駁，以免他們從此對納杰爾的體質抱持奇怪的想像。「抱歉，這種話實在很難說出口，但這也是我希望奧德里理解我決定的原因。」

「所以，這就是你為什麼總有辦法找到糧食與物資的原因？」突然，戴爾在門邊開口。

「是的。」

「而我哥知道這件事？」

眾人安靜下來，看著納杰爾點頭。「……是的。」

此時戴爾動了動嘴唇，卻什麼也沒說。接著，他扭頭便走，也不再追問更多細節。看來戴爾已經知道最想要的答案了。雖然不曉得他心裡會怎麼想，但納杰爾從來就不奢望他的諒解，畢竟戴瑞的死，就連納杰爾也無法原諒自己。

「既然是這樣的話，那幻影聽起來也不全是壞事。」其中一名亞人歪著頭思索。「雖然有點難相信，可是納杰爾大哥確實幫助我們生存下來，讓我們沒能凍死在這裡。這也是事實。」

「沒錯。我還是……希望……由納杰爾……」奧德里在角落懦懦地舉手。

「就算戴瑞因我而死嗎？」他發出嘆息追問。

「就算那樣……」

眾人陷入一陣沉默——他們互相交換了眼神，口中若有似無地說著「總比沒人帶領得好」、「以後又遇到再說吧」之類的話——即使那口吻帶著強烈的無可奈何，臉上確實寫滿哀悼之意，卻也僅止於此。在這樣的情緒過後，他們很快便振作起來，一致同意繼續追隨納杰爾。

「我們相信納杰爾。」

「是啊，大不了我們多幫你注意就是了，只要能順利回去，一切都好說！」

「而且納杰爾，你既然能找到糧食，能不能——也找找哪裡有寶物或錢財啊？」

那些肯定的聲音如漣漪般擴散開來，一個接一個表達堅定的意向。

此時，他們已經無視納杰爾的意願，逕自熱烈討論起來，甚至開始作起在亞特拉斯四處搜刮、趁機大賺一筆的白日夢。也不用急著回去王城了，如果能先去沙漠市集變賣寶物，他們或許還能找個地方定居，做做生意，把所有亞人都接過來……他們談論錢財的表情充滿活力與神采，彷彿任何困境都不再重要，就連對太陽王城的恨意也煙消雲散。只要有了錢，即便不需要流血，大家也能得到真正的自由。

納杰爾看著他們的反應，內心並沒有責怪，反而完全能理解這些夥伴的想法，畢竟，這就是貧民窟的人唯一真正在乎的事——活著，以及如何繼續活下去——除此之外，尊嚴與理想都是假象。

「抱歉，你們最好別對納杰爾的狀況抱太大期望。」坐在床上的黯月淡淡開口，試圖讓那些興高采烈的夥伴冷靜下來。「我們隨時會遇上那隻大魔物，必須越早離開亞特拉斯越好。」

「她說得沒錯。」納杰爾抓著頭髮，不得不同意黯月的話。「平安離開這裡才是最重要的事，財寶就等之後再說吧。反正路也差不多摸熟了，之後如果

人力帶足，想再回來尋寶也不是難事。」

「好吧。那麼……納杰爾你……」

他吐出一口長氣，坐正身子。「奧德里先去清點一下糧食吧，我得確認明天派出去的人手，藥草也麻煩伊萊文幫黯月處理，如果有用剩的，記得一起帶上路。至於武器，等等也要逐一檢查受損程度，等黯月恢復之後我們就出發。」

「所以你願意……！」

「真是的，少說廢話了，還不去清點糧食。」

「好……好的！」

聽見納杰爾又恢復往常的語氣，大家這才露出鬆口氣的表情，樂觀地說笑起來。

在那股氣氛感染下，納杰爾也跟著露出微笑，他非笑不可。面對這些對他抱予寄望的夥伴，已經沒什麼退路可選擇了，就連想要自暴自棄都只會被視為任性。既然如此，在順利離開亞特拉斯之前，他也只能試圖振作起來。

只是當他離開房間時，那道唯一帶著哀傷的視線依然令人煩悶。

❖

隔天，眾人以納杰爾為首，再多派兩名亞人與他一起行動。納杰爾看見幻影一事，似乎並沒有讓夥伴們感到排斥，反而讓他們與納杰爾的感情更加緊密了，有幾名亞人甚至主動跟隨，擺出要誓死保護他的模樣。彷彿只要納杰爾繼續帶領他們，他們就無所畏懼。

「先去找柴火就行了吧？其他都足夠？」

「是的，納杰爾，放心吧，今天我們會緊緊顧好你的。」

「不……這倒是——」

「放心吧放心吧，出發囉。快告訴我們柴火在哪裡！」

伊萊文快速甩動尾巴，推著納杰爾往街上去。

「你們是不是因為幻影的緣故，覺得我想要什麼就能找到什麼？」納杰爾不甘願地站穩腳步，尷尬地與伊萊文拉開距離，來到另一名喚作亞林的熊耳少年身邊。

「不然呢？你又怎麼知道要往議會廳的方向走？」

「因為上次大家留了一些柴在議會廳內沒燒完就走了，所以我想，那些柴火應該還沒被弄濕吧。」

「噢，所以是靠常識判斷的啊。」

「你們……為什麼要露出失望的表情……？」納杰爾臉微微一紅。

「沒什麼啦，我的意思是，這果然才是納杰爾的風格。」

「我在貧民窟裡才不是這樣。現在的我，只是在努力讓自己——」他張著嘴想找出合適的說詞，許久才勉強吐出：「冷靜一點。」

那兩名亞人果然露出不解的表情，或許對他們來說，納杰爾是個總是站在他們身前的人，才會使他們始終看不清納杰爾真正的樣貌吧。

納杰爾真正沒說出來的是，他希望自己能變得跟艾爾文、卡特一樣。

既然無法推辭大家的期望，那就像以前一樣，努力讓自己成為他們眼中的人就好。而像艾爾文那樣的人，正是納杰爾的理想。看似不正經，卻總是能把事情做好的人，遠比只有外在看起來努力的人優秀太多了。如果他能夠擁有艾爾文的智慧與沉穩，肯定能做到比現在更有用的事情吧。

他們來到議會廳外，此時兩名亞人像是回想起那時戰鬥的慘狀，眼神紛紛顯露出不安，不曉得是回想起士兵凌厲的攻擊、戰友的死亡，還是再次憶起大型魔物出現時的恐怖衝擊。

「柴火就在裡頭，拿了就快回去吧。」納杰爾出聲安慰。

「沒關係……我去看看附近還有什麼能帶回去的東西。」亞林輕輕說著，或許是想去找同伴們的遺物也不一定，於是沒有人阻止。

「那我去裡面扛柴火。伊萊文，麻煩妳替我們注意情況。」

「沒問題。」

納杰爾來到議事廳內，果然看見當時散落在門邊的柴火，幸好位置不錯，沒有被外頭的風雪打濕。他一邊將柴撿起，突然看見熟悉的身影——嚴格來說是幻影——又開始出現在他周圍，其中艾爾文的背影吸引了納杰爾的注意。

——是艾爾文？他還活著？

納杰爾掩不住內心的激動，視線不自覺在充滿人潮的幻影內搜尋，但他首先看清楚的卻是卡特與其他議員在大聽內集合的身影。前來避難的人民也被安置在大議會廳內歇息，行政人員與治療師則四處奔走來回，就連這裡也不可避免地充滿血腥味，整個大廳充滿騷動的聲響。然而卡特與其他議員爭執的聲音還是最響亮的。

「裂隙正在擴大，魔物也不斷湧出來，士兵已經控制不住場面了，更遑論那些意外起火的房屋，以及趁火打劫的強盜事件。」議員咬牙想衝上去抓著卡特揮拳。「已經連統計的時間都沒有了。卡特議員，看看妳做的好事，議會真該將妳直接押入大牢才對！」

「沒錯，妳根本無法為這一切負責！亞特拉斯已經毀了！」

議員們似乎分成兩邊，雙方都在互相推擠，而卡特被她的擁護派系保護在後方，只能任由雙方互相爭執。「別亂來，這事情也經過你們的投票同意！大家都有責任！」

「那是因為卡特先做保證的緣故，現在看起來，她的保證比太陽王城的貴族還不可信。」站在對面的議員憤怒低聲嘶吼。「把她交出來，不只是為所有議員好，更是給受害的百姓一個交代。」

「都這種時候了，搞處決還有意義嗎？」

「當然有！」

「卡特議員，說點什麼吧，為妳造成的傷害做出表示——」

「喂，別動手！」

他們互相拉扯，就快打成一團。直到這時，納杰爾才終於聽見熟悉的聲音。

「滾開！」艾爾文先是氣勢十足地大喊，接著人才渾身是傷地從入口處衝進來。他的臉與身上全沾了血，手中一邊揮舞符文瓶的能量，將那些企圖傷害卡特的議員揮開。「在我揪出真凶之前，你們若敢再動卡特一根頭髮，就別怪我不客氣了。」他的聲音少見地冷酷，怒氣衝天的模樣讓那些議員確實停下了腳步。

卡特率先做出反應。「艾爾文，你的傷——」

「別管我的傷了。亞德安死在現場，很遺憾，我救不回他。」艾爾文先是轉頭對卡特哀傷地致意，然後再重新掃視眼前的議員們。「接著，我在靠近湖岸的裂隙邊，看見其他符文師留下的符文器具與內容物，發現至少有十名以上的符文師都在中途突然改變操作，轉換了能量的性質，導致裂隙反而被擴張。」

「胡說什麼，這種事情誰會相信……」

「這正是我想問的。誰會相信在儀式正式進行的這天，有人密謀做出這種精密又冷血的計畫？」艾爾文揚起紅色的冷笑，一手抬起符文手環，在他的能量引導下凝聚成投射於空中的漩渦平面，上頭如畫面般浮現倒地的亞德安，雖然屍體已被魔物啃蝕了部分，但仍能清楚看見背上插著的小刀。或許是那景象太過衝擊，在場的人都發出驚呼。「到底是中途有人出手，逼迫符文師們改變操作？還是從一開始就有人安排了內應？這可是連最偉大的符文師都解不出來的難題啊。」

眾議員陷入短暫驚駭的沉默，抑或是在腦中尋找合適的說詞，好讓他們的質疑在此刻顯得合情合理，而不像是感到心虛。

「你是在指責我們企圖毀滅自己的家園嗎？少荒謬了——」

「誰會故意做這種蠢事，讓自己親人在這裡避難！」

「你這個外人的嫌疑還比較大！」

「夠了，我不是來看你們表演互相指控的。」艾爾文威嚇性地掏出符文瓶，好讓眼前的議員閉嘴。「告訴我凶手是誰。是哪個混蛋寧可毀了亞特拉斯，也不願見到裂隙被重新關上？是誰？」

「艾爾文。」

「你們——那些不惜籌劃這一切的人——已經沒有半點良心了嗎？還是對這座城市沒有半點同情？為什麼要傷害我用盡一切力量保護的地方！」

「艾爾文，冷靜下來。」卡特的聲音平靜，硬是將那隻握著符文瓶的手拽了下來，走到艾爾文身前面對那些沉默的議員。「如果事情真如艾爾文所述，那麼現在肯定不是追究凶手的時候，魔物還在外頭肆虐，我也和各位一樣關心民眾的安危。還請各位團結一致，先想辦法安排大規模撤離。」

「整個亞特拉斯都要……撤離……？」

「是的，我認為在魔物爆發的事件背後，或許還藏著某種更巨大的陰謀。」卡特一手放在自己胸前，毫無畏懼地說出這番話。「能夠與太陽王國交涉的議員們，必須優先帶領人民避難，而我會負責留在這裡善後，確保最後一批人民都離開為止。如果中間我出了什麼意外，也正好合各位的意，如何？」

「卡特！」

其他議員也紛紛討論起來。

「這樣的話，我與幾位太陽王國的貴族有深交，如果由我先帶領一批人的話……」

「不可能，太陽王國不可能願意庇護這麼多人。」

「何況先不論什麼陰謀，妳憑什麼命令大家？自以為是的臭女人！」

「那就在此舉手投票表決吧。」卡特不疾不徐地說道：「用亞特拉斯一貫的作風，決定我與人民的存亡。這才是亞特拉斯的自由精神，對吧？」

議員們發出窸窸窣窣的聲音，接著大部分的人都舉起手，一聲不吭地表態。而這在艾爾文眼中更是荒謬的結果，他面目猙獰地瞪著眾人，忍著沒用符文魔法將他們轟出議會廳，而是雙手緊扣住卡特的肩膀。

「這算什麼？我可無法接受，真正犯錯的人並不是妳！」

「我早就說了，不管這場風暴會發生什麼，我們都逃不開的。」卡特的聲音堅決，手指卻溫柔地貼上他浴血的臉龐。

「妳是要我不去追究真正的幕後黑手？」艾爾文不甘願地咬牙，刻意拉高音調大喊：「或許就藏在那些人之中啊！卡特，之前的情況我可以理解，但唯獨這次妳不該妥協，否則下次被背叛的就不只是妳一個人而已……」

「話不是你說了算，議會有議會的規矩。我也確實有我該負的責任。」她臉色一沉。「何況，全城的性命都仰賴我們的決定，已經沒有時間了。」

「這樣不公平。這對妳不公平，對這座城市也是。我們明明是在努力讓亞特拉斯變得更好……」艾爾文的聲音有些恍惚，喃喃重複著相同的字眼。

「去包紮。」卡特鬆開手，上頭沾了乾涸的紅褐痕跡。「去找治療師檢查有沒有被魔物傷到，然後你最好盡快想個法子解決龍眼湖的問題，我們市街上見。」說完，她在眾議員目送下走出議會廳，那過於冷靜的聲音簡直令人心碎。

如果亞德安還活著，他肯定會拍拍艾爾文的肩膀，說些安慰人的話。「這已經是最好的結果了，若不是你的證據及時出現，卡特早就被這些人拖去押入大牢。就算沒能揪出真凶，起碼她可以藉此換回自己的清白。」

亞德安肯定會這麼說，而艾爾文也會回答「我明白」，他確實明白卡特的盤算，但心理上就是無法接受。她為何可以振作得那麼快？是因為她沒有親眼見到那些符文師被魔物咬噬的畫面嗎？還是因為她就是能夠比艾爾文堅強，就算努力了好幾年的符文裝置在最後功虧一簣，她依然能夠冷靜面對亞特拉斯滅

亡的危機，而沒有半點不甘？

艾爾文仍陷在震驚般的恍惚當中，那些議員不知何時已經離開，準備研擬第一批逃出城的議員名單，等到回過神來時——他甚至忘記自己究竟是親自走去，還是被路過的符文師拖去的——他已身處在大批傷患之間，臉上的血跡被擦去，一邊檢查傷口。

「看起來只是被木頭砸到，沒有被魔物所傷。」治療師一邊替他治療，同時注意到艾爾文的反應。「很痛嗎？」

「不，不痛。」

治療師張著嘴想說些什麼，因為艾爾文垂著頭，失神的雙眼不斷滾落淚水。他抿了抿唇，最後決定只簡單安慰了句：「那麼，有需要再叫我。」

治療師手中捧著紗布，轉身疾速穿過納杰爾的身軀，倉促消失在其他傷患的幻影中。最後所有景色都像埋在霧中般漸漸模糊消失，只剩艾爾文一人頹喪垂淚的身影。

納杰爾難過地看著。

「納杰爾，我們準備好離開了。」

「嗯。」

「怎麼了？難道幻影又出現了嗎？是跟財寶有關的嗎？」伊萊文眼睛一亮。

「才不是……等等，亞林的傷是怎麼回事？」納杰爾轉過頭來，才注意到亞林頭上的傷，臉頰也殘留一絲血跡。那與艾爾文相像的傷勢讓納杰爾暗自感到驚嚇。

「唔，剛才沒注意到冰柱崩脫了。」他掩著頭，但馬上又露出充滿活力的笑容。「沒事沒事，只是擦傷而已！趕快回去就好了。」

——為什麼不早點說出來？

納杰爾正想開口追問，卻發現自己根本沒有立場問這種問題，既然都要領導大家了，就應該主動注意這些事情才對。他只好輕輕嘖了一聲，連忙將剩下的柴薪撿起。「那就快點回去吧，別耽誤了。」

「好，你沒事吧？」

這次他真的有些氣惱了。「喂喂，真正的傷患不該反過來關心我吧？」

「因為你對著大廳發呆，一邊露出很痛苦的表情啊。」

「那是因為……」

納杰爾想開口解釋，卻赫然發現，自己又開始無法控制幻影出現的狀況了。每次幻影出現，都將納杰爾再次吸引其中，甚至跟著陷入那股情緒，無法自拔。他扶著額頭，想告訴自己不能再這樣下去。如果哪天他真的混淆了現實與夢境的分際，那會變成什麼模樣——他甚至還沒想到結局就已經感到害怕。

這座城市正在毀滅，四處房屋都在崩塌，或是陷入火勢之中，同時也被冰雪覆蓋。

人們四處逃竄，每隻魔物都從眼前掠過，吞掉那些無助的慘叫，同時身邊的夥伴仍有說有笑地一路走回棲息處。

當那些衝突的畫面不斷出現時，他很難不動搖。

「寇芮，我們把柴帶回來了。」

開門迎接的是另一個熊耳女人。「終於回來了，我有件事——咦？亞林頭上的傷是怎麼回事？」

「唔，只是小事情啦，不要緊。」亞林露出憨傻的笑容。

「過來點，讓我看看……對了，納杰爾，我必須告訴你，戴爾趁我不注意

的時候走了，還偷走了一些糧食。」

「走了？什麼意思？」

「就是走了。還帶了另外三個人走，現在這裡只剩下你、黯月、奧德里、亞林、伊萊文和我。」熊耳女人搖搖頭，露出困擾的表情。「戴爾那傢伙，似乎從昨天開始就在盤算這件事了，也找我抱怨你的事，大概是覺得自己也能帶領大家離開亞特拉斯吧，真是太天真了。」

「這簡直是送死！」納杰爾忍不住大喝一聲。「他往哪個方向去？我這就去把他回來——」

「別找了。」沒想到她反而說出讓納杰爾意外的答案。「我們沒時間顧及他們了吧？何況，我也沒注意他們往哪兒去了，只顧著要黯月多休息，你也……不能沒有人陪著，現在要追蹤行跡也只是浪費多餘的人力。」

「但戴爾是夥伴……」

「他如果自己離開，就不算夥伴了。反正我也受夠他老是唱反調。」那句話的語氣幾乎跟談論戴瑞的死相同，哀怨卻又衝突地藏著一絲冷酷。「與其擔心他們，還不如專注在眼前的事情就好。納杰爾，你也別煩惱了。」

納杰爾轉身開門。

「嘿，你要去哪？」

「去附近看看，或許能知道他們去了哪裡。」納杰爾說著，伸手擋下想跟過來的人。「放心，不用跟著我，只是在附近而已，不會出事的。」

他立刻將門關上，來到街上查看地面的足印，偏偏連日下來氣溫在回暖，積雪也開始漸融，戴爾等人的足跡難以辨識，只能隱約看出往哪個方向走，這段時間少說也離開了幾個小時吧。納杰爾跟了一小段路後，不得不放棄繼續追逐的念頭。

戴爾帶走的那三個人，都是目前最擅長對付魔物的亞人們。又或許他們也在衡量戴爾與納杰爾之間，究竟哪一方才是值得依賴的對象，最後仍選擇跟隨戴爾。

但他們是真的要去對付那隻魔物？還是只是單純對納杰爾不滿，想要自行離開亞特拉斯？以戴爾衝動的程度來看，這兩種選項都極有可能。他無法責怪那些人的離開，只是他仍感到深深的困惑。

他原以為自己的坦白能讓大家做出更好的決定，而不是像現在這樣決裂才對。這不是他要的。

「我又……做錯了選擇嗎？」

他扶著額頭，感覺心煩意亂，猶豫著該不該回頭。

寇芮口中所謂「眼前的事」究竟是什麼？要納杰爾索性放棄戴爾嗎？

他就是因為都不想放棄，才會一路努力到現在。如果要他做出捨棄與取捨的話，那麼因此犧牲的戴瑞？因此受傷的黯月？或是因此冒險離開的亞人死在路上？他又要怎麼對這些選擇的結果交代？

就在他煩惱這些事的時候，四周的景色又不經意地開始變換，變回戰場般的亞特拉斯。人民被魔物追逐，在士兵的庇護下往城門魚貫逃亡，魔物也為了追逐居民漸漸聚集在一起，數量多到連士兵都防守不住。

納杰爾看見艾爾文從反方向衝了出來，大量的能量越過士兵，像砲彈般轟落那些魔物，讓它們與士兵之間稍微拉開距離。「撐著點！其他符文師呢？」

此時艾爾文的身影才清楚浮現，他站在士兵之間，雙手不停歇地揮動能量。

「魔物似乎會先去攻擊符文師，大家發現這點之後就不敢再靠近前線了，你最好也……」

艾爾文沒理會他們的聲音，一道道能量如箭矢般精準貫穿前仆後繼的小型魔物，讓士兵們看傻了眼。「掩護我，繼續進攻！」他在無數道能量射擊出去的同時勉強下令，士兵這才稍微提振起精神，與艾爾文並肩作戰。

魔物似乎完全不懼怕，也不懂得要退縮，但數量確實開始減少。至少，艾爾文確定了魔物的數量也是有限的，這樣下去的話，或許還有機會將它們逼回湖口——

「小心！」

其中一隻魔物行動迅速地撲上艾爾文，士兵連忙將他撞開，接下那道攻擊，連聲呼救都還來不及發出便倒地不起。艾爾文咬牙想掏出更多符文瓶，卻發現儲存的能量都已經用盡，無法再發出像剛才那樣猛烈的攻擊。他咬牙晃著瓶子，想再集中更多能量，卻完全跟不上魔物攻擊的速度，讓他們的陣線再次回到原點。

「快走！」其他士兵似乎也注意到艾爾文的異狀，立刻將他拉回戰線後方。

「看是要叫人來幫忙，還是要逃命也行，先逃吧！」

「我——」艾爾文正想開口，卻又看見魔物穿過士兵朝自己撲來，他趕緊

閃躲，往士兵防守的後方巷弄逃離。「可惡！」他跌坐到地上，按住刺痛不已的手臂，才注意到被劃傷的部位帶著些許黑紫色的痕跡。

「該死……」

艾爾文握拳敲著地板，半晌說不出話來，只能忍住雙手的顫抖坐在原處。

納杰爾知道那絕望的感覺背後代表什麼。

被魔物劃傷的下場，哪怕只是輕微的傷勢，也會導致魔物的殘渣流進血肉內，影響人類的思緒與行動，他見過貧民窟內被感染的人，最後都只會與魔物同步，反過來攻擊人類。

即使到現在也依然屬於絕症的「裂隙病」，在那個年代更是沒有痊癒的可能。

也就是說，艾爾文已經等同於——

「納杰爾。」

他被那道熟悉的語氣拉回思緒。

黯月恢復以往的打扮，精神奕奕地站在一處高牆上，黑色斗篷隨著微風擺動。

「妳恢復了？」

「再躺下去也是浪費時間。」黯月歪著頭，讓那張面具的鳥嘴凸顯出來。「戴爾他們過橋了，大概是準備離開亞特拉斯。」

納杰爾心情複雜地盯著她背後藏起的翅膀。「總比去跟魔物決鬥好。」

「說不定兩者皆是。」黯月漠然說完，便不再看納杰爾，優雅地轉身回頭。「等你回來之後，大家隨時都能出發。」

他看著果斷離去的背影。黯月那動作和語氣，彷彿都代表了告別。

——這又是納杰爾一個錯誤的決定嗎？還是唯一正確的決定？

他再看向原本艾爾文所在的位置，那道橘色的身影只剩下一絲殘影，看也看不清楚，他也無法得知艾爾文究竟做出什麼樣的決定。

納杰爾在對面的位置坐下來，就像他印象中的艾爾文那樣。

他看著那幾乎快消失在角落的男人，忽然冒出一股瘋狂的念頭。

「……喂，艾爾文，可以聽我講幾句吧？」他拉著衣領，吐出如絲的霧氣。「雖然我知道這很奇怪，但是我……已經不知道該怎麼辦了。」

他將半張臉埋進斗篷間，接著吞吐了幾口氣，才緩緩說下去：

「我這陣子一直在思考，自己究竟想要成為什麼樣的人。不管是你也好、卡特也好，或者戴瑞也好，你們總是充滿遠大的理想，也有自己想要努力的夢。

當我說自己是為了復仇而行動時，這並不是謊言，每次都是這樣，往往在回過神之前，身體就先動起來了。我以為那是堅持完成為大家好的夢想，其實有些時候，我也明白這不過是自己的任性。

與你和卡特所做的事比起來，我簡直就像小孩子鬧脾氣似的……然而當我想要開始補償、試著正確回應大家對我的期待、成為我理應成為的那個樣子時，夥伴卻又一個個離開了。

這是正常的嗎？是我還不夠努力？所以戴瑞才死了，戴爾也走了？其他人也……」

他的語氣微微停頓，最後還是逼自己勉強擠出最後一絲聲音。

「我知道自己不是合格的領袖，只是……」

他伸出手，朝空氣輕輕一抓。

說了這麼多，他還是沒有任何頭緒，風自然也不會回答他，艾爾文也是。

他只好一直茫然地坐著。

「我究竟，是從什麼時候開始走錯路的……？」

Chapter VII

清晨，伊萊文輕鬆推開積雪的窗戶，探頭出去看見夜霧逐漸在陽光下散去，她大力吸了一口清冷的空氣，抖了抖耳朵，似乎為今天的遠行做足了準備。

「真幸運，今天天氣很好。」

「是這樣嗎……唔……」

「喔，奧德里，你開始害怕了嗎？」

「唔……才沒有，只是我想……快點離開這座城市……」

「回去王城後，還不曉得我們的命運會不會更糟呢。」伊萊文感嘆一聲，但很快便轉回注意力到其他人身上。「大家的行李都準備好了吧，要出發了嗎？」

「嗯。別發出太多聲音，我們盡快離開。」納杰爾打開門，讓大家先通過。「黯月帶路，我負責殿後保護你們，來吧。」

他們臉上的表情既緊張又期待，一來是終於能夠脫離魔物的威脅，二來是

對於這趟旅程竟然只剩下這幾個人而不安。雖然他們都自認做好覺悟才離開太陽王國，但這次旅途所遭遇的情況比預期中還要離奇，讓他們如驚弓之鳥般惶恐不安。這幾日魔物已越來越少，但那隻大魔物的恐怖形象依然懸在每個人心上。

「跟緊我。」黯月微微昂首，帶著大家前進。

納杰爾看著平靜的景色，直到現在他才覺得，這裡的景色除了幽靜之外，還帶著蒼涼的美感，那些曾經充滿絕望與歡笑的過往，被時間覆上同一層雪白，變得微不足道。

上次他們為了深入亞特拉斯，繞過大裂隙外圍來到城市深處，這次他們走另一條陸橋橫越水道，腳下的結冰水道依稀能看出巨大魔物的移動痕跡，但附近沒有聲響，黯月事先勘察時也沒有見到魔物身影，於是他們安然無事地通過。

過了橋後沒多久，開始能看見城市被他們探索過的痕跡，那都是在納杰爾的指引下，分派大家去搜索物資時的破壞痕跡。一旦漸漸回到大家都熟悉的區域，亞人們心情頓時變得輕鬆許多，甚至敢大膽出聲聊天起來。

「我對這裡……有印象。」奧德里指著其中一棟因為被破壞門鎖，導致大門無法關緊的房子。

「是上次躲避士兵的據點之一？」其他人似乎也有印象，紛紛張望起四周。

「上次……我在這裡差點被小魔物傷到……是戴爾及時救了我。」

「喔？那他肯定罵了你一頓。他在貧民窟時總是這樣，毫不客氣地出口傷人，也不管大家喜不喜歡聽。」亞林似乎想起什麼不好的回憶，臉上立刻擺出嫌棄的臉。

「……沒有，他把我扶起來……還安慰我……沒受傷就好。」奧德里微微臉紅，抓著頭接著說：「當然，事後還是……罵了我一頓。」

「看吧，果然。戴爾那種人永遠講不出好聽話。」

「遇到危險的時候倒是挺有擔當的。你想想，當魔物入侵貧民窟時，戴爾不也是首當其衝的人之一嗎？」伊萊文也突然插嘴。

「那只是單純的衝動啦。」

「會主動……保護大家這點……我覺得跟……納杰爾滿像的。」

「才不像！」

「不要侮辱納杰爾！」

黯月終於按捺不住，轉頭制止他們失控的交談聲。「安靜。」

「對、對不起……」

他們乖乖安靜了一會兒，直到伊萊文忽然朝地上驚呼一聲。「快看，前面有珠寶！」

「什麼？哪裡？」

「我看見了，老天，這也太多了！」

那些夥伴忽然躁動起來，發出連連呼喊。「你們——」黯月正想進一步阻止他們的騷動，但他們已經不顧一切往前衝去，貼在地板上撿拾散落的首飾，不停發出驚嘆。

「好多……好多！我們有錢了……！」

「快撿、快撿，把糧食掏出來，不然塞不下！」

那些首飾與珠寶像廉價的彩紙般被人隨意撒在地上，上頭覆著一層薄雪，在陽光底下難掩地閃耀著細碎光輝，讓他們想不發現也難。

「真快，已經回到這裡了？」納杰爾驚訝地看著他們跪坐在圓形廣場，拚命把首飾珠寶貪婪地收進行囊。這裡是他與黯月第一次與貴族交手的地方，也是納杰爾第一次看見幻影、認識艾爾文的地方。「既然已經來到這裡，就表示離出口不遠了。讓大家休息一下吧。」

「我先去上面探探情況。」或許也明白自己無法控制夥伴們的興奮情緒，黯月的表情似乎有些焦慮，立刻展開翅膀躍上屋簷，兩三下便跳到較高的房屋頂層。

「納杰爾，快來撿啊，這裡還有好多！通通帶回去發給大家！」伊萊文激動地豎起耳朵，手也動作俐落地沒停下來過。

納杰爾先是抬頭，看見站在上方的黯月比出安全的手勢，才點點頭宣布：「看來這附近沒有魔物。大家也走累了，乾脆在這裡找個地方休息升火，讓你們撿到滿意為止，如何？」

話才一出，幾名亞人便興奮歡呼起來，再也顧不得凍痛的指頭，相爭撿拾滿地的華麗首飾，好像沒有任何事比寶物來得更重要。納杰爾苦笑起來，無意阻止他們，而是與大家隔了一段距離，靜靜看著亞特拉斯最後的風景。

接下來只要像上次一樣直直走出去，就能離開亞特拉斯了……

這次，他竟然感到有些不捨。

透過幻影展現出來的世界，讓納杰爾認識了這座城市的各種風貌，他很難不討厭這個地方，也完全能夠理解——或者說羨慕——艾爾文與卡特對這座城市有歸屬感的原因。與太陽王國相差的也就只是一個追求平等的機會，卻如同戴瑞所說的，這裡是亞人真正在尋找的國度。

可惜的是，直到現在，納杰爾仍不曉得自己看見幻影的理由為何。

——如果不是要我改變過去，那這些畫面又是為了什麼存在？我又能為這裡做些什麼？

這個問題至今仍困擾著他，彷彿背上卡著一根搆不著的刺，就是無法除之後快。他盯著遠方，直到周圍的景色開始產生變化，遠方開始又浮現無數道身影，從透明漸漸變得清晰。

他像是等待已久，立刻朝幻影的方向前進。

「納杰爾，你要去哪？」他的舉動立刻引來其他人注意。

「你們休息吧，我回頭看一下。不會太遠。」

「是幻影……？」伊萊文擦拭手中的首飾，似乎已經看穿納杰爾表情背後的涵義。「反正都要離開了，幻影應該也不重要了，還有必要去管嗎？」

確實是沒有必要。只是納杰爾有股預感，這應該是最後的殘片了。

他就是覺得……事已至此，他必須看完到最後。

「我不會走太遠的。」他拋下這句話後，往幻影的深處走去。

❖

迎著戰火處吹來的風，他首先看見卡特的背影。

卡特披頭散髮地站在士兵後方，衣服帶著血汙，她依然挺立著，表情無畏地朝他們大聲下令，或是不時發出激勵的話語。但看得出來防線都已退到這裡，城市內的情況想必更加慘重不堪，士兵留守在此並不是為了戰勝，而是確保最後的避難人潮都已經順利離開。數十名長槍手與盾兵在前線奮力抵抗，臉上寫著赴死也不惜的決心。

「議員，魔物的數量暫時安全了。」一名現場指揮官站在卡特身旁報告。

「辛苦了。人民都撤退完畢了嗎？」

「還沒收到回報。」

「……明白。請各位再堅持一會兒。」卡特不明顯地吐著氣，才注意到朝這裡奔跑過來的艾爾文。他氣喘吁吁地擦去汗水，咧嘴朝她露出溫暖的笑容，儘管那表情出現得不合時宜，仍讓卡特為之動搖。「艾爾文，你沒事。」她眼角一濕，柔聲呼喚他的名字，身體不由得走向了他。

「我沒事。我一直在找妳，噢，雖然中間花了點時間準備這些。」他伸手拉開外袍，裡頭的小瓶個個裝滿豐沛的魂能，直到他再抬起頭，才注意到卡特卸下武裝的眼神。「親愛的，妳怎麼了？」

她頓時顫抖起來，彷彿直到此刻，她才終於能夠展現她的脆弱。

「我很抱歉，里歐爾警告過我，我卻……是我讓事情變成這樣，我……」

「別說這種話。」他趕緊摟住卡特，讓淚水消失在艾爾文的衣角，不讓別人看見。「……我們的家人呢？」

「都跟著人潮離開了，我猜。」卡特緊抓著他胸口的衣襟，努力保持冷靜的語調。「沒有人來跟我回報，我猜那是故意的，其他議員希望我直接死在這裡。」

「那群人才真正該死的混帳。」艾爾文咬牙。

「不，不是他們的錯。」卡特搖搖頭，無助地緊縮起肩膀。「我比你更瞭解他們，沒有一個人會希望城市發生這種事。」

「他們只是——算了，我幫妳去城門探聽，看看現在究竟撤離到哪——」

忽然，艾爾文沒了聲音。

「艾爾文？」卡特也抬起頭，看見他睜大雙眼，一臉茫然地望著廣場盡頭的方向。

所有在場的士兵都安靜下來，臉上的堅毅神情首次產生動搖。

在僅剩數隻的小型魔物背後，緩緩浮現一隻前所未見的高大魔物，從街道盡頭挪動身軀，腳步遲鈍地朝眾人靠近。它明顯與其他魔物不同，幾何造型的身軀幾乎可比一棟房屋大小，身上還結著一層厚厚的冰霜，讓四周的溫度驟然下降。而它所觸及的地面與周遭建築，也相繼結上一層薄薄的凍霜。

「那是……什麼怪物……」

士兵不自覺畏縮起來，它的出現顯然超出眾人對魔物的認知。

「陣線千萬不能在這裡崩潰，務必堅守到最後一刻！」指揮官率先回過神來，伸手一揮，埋伏在屋頂的十字弓兵們立刻轉動絞弦器，對準方向將弓箭射出，然而那足以打凹盔甲的力道，打在魔物身上卻沒有半點動靜，厚冰僅微微剝落，絲毫不影響魔物的行動。

反倒是魔物身邊環繞的不規則體，從溫吞的三角狀變成長長的尖柱刺出，迅速又精準地穿過屋頂的十字弓兵，接著魔物張開足以吞掉好幾個人的血色大口，將士兵拋入口中，身上的厚冰同時不斷發出刺耳的磨擦聲響。

在這之後，魔物的動作不再顯得溫吞，開始橫掃眼前所能見到的任何生物，長槍也傷不了它半分，士兵只能一邊徒勞地進攻，一邊被魔物無情吞入。場面不再是維持戰線的戰場，而是魔物單方面的屠殺，任誰見到那畫面都會立刻失去戰意。

「卡特議員！我們必須撤退！」面對崩解的陣線，指揮官立刻轉身對卡特大喊。

「但是——」

「快走！」艾爾文用力拉住卡特的手跑走，正好閃過魔物重重落地的冰霜尖刺。地板在崩裂的同時，一片冰霜也隨著紋路擴散開來，讓褐色的石磚地面逐漸變成晶瑩雪白。「該死，這是什麼啊……」艾爾文打了個冷顫，將卡特緊抱在懷中不敢鬆手。

「不能讓那種怪物離開亞特拉斯！」卡特在他懷中掙扎著大吼。「阻止它前進！」

「議員，別說笑了，沒看到士兵已經——」

他們話未說完，便看見魔物拖著身軀又前進了一大步，方方正正的身體揮舞著身上的碎片，胡亂攻擊四周的建築與士兵，垂下的尖刺打在指揮官與艾爾文之間，讓他們不得不分開行動。艾爾文將卡特拉進一條巷內，用符文瓶做出一道護盾，稍微阻隔了那些聲響與攻擊。

「妳有認識的太陽王國貴族吧？」艾爾文面色凝重地問。

卡特猶豫了會兒，最後仍點點頭。「有認識幾個。」

「那妳就走吧，和大家會合，帶他們去接受貴族的庇護。」艾爾文一手貼在卡特臉上，語氣強硬：「比起這座城市，我們的家人更需要妳的幫助。」

「可是，我不能丟下這裡……」

「讓我來。我有辦法，也知道怎麼對付這隻魔物。」

「你知道？」卡特啞然。

「我已經明白那隻魔物的能力，也知道可以用什麼符文對付它，只是需要一點時間。」艾爾文抬頭看向逐漸雪白的建築物，按住自己的手臂。

「我可以等你。」

「別傻了，我可沒有餘力保護妳。比起在這裡等待，妳還有更重要的事得做吧？」

卡特安靜了一會兒。「手環。」她開口說。

「什麼？」

「給我一個你的手環。」她紅著眼眶朝他伸手。「太陽王國的人會很多，等你到了那裡很可能會找不到我，到時候，就用你的手環與我相認。只有這樣，我才相信你會來。」

艾爾文思索起來，才緩緩解下自己其中一只手環。他的符文手環大多刻著特殊的圖案，只有其中兩個是特別樸素的造型，表面像璞玉，又像帶著螢光色的半透明材質。

「這是我從學校導師那裡得到的畢業禮物，外表沒有刻上符文，裡頭卻能儲存強大的能量。就用這個吧。」

卡特接過那只手環，用力將其握緊在胸前。「艾爾文，我無法保證自己在太陽王國會安全。我成了整個亞特拉斯的眾矢之的，就算你去了，也很可能找不到……」

艾爾文將她緊緊抱住，用力吻上她的唇，他們彼此的身體如此密合，僅僅數秒的親吻也有如最漫長的一刻。他堵住了卡特即將要說出口的那些事，以及她接下來最擔心的事。

接著，艾爾文鬆開手，垂著頭朝她露出完美的笑容。

「——那樣的話，就讓我們在地獄相伴吧。」

他指尖捏著符文瓶，蓄勢待發。

「混帳。」卡特退後一步，總算破涕為笑。「我們要往哪裡去，是由我來決定的。」

那樣強勢的發言才是艾爾文熟悉的卡特。他知道這樣就夠了，便不再留戀她的身影，轉頭走出巷子，那隻巨大的魔物又推近了戰線幾分，近百名的士兵

數量已經銳減到屈指可數，只剩下幾個盾兵還勉強能撐，拖延魔物的行動。

艾爾文按住自己隱隱發疼的手臂，纏起來的傷口底下，一股黑紫色澤正在皮膚上蔓延，他知道再下去會發生什麼事。他會被魔物的結晶侵蝕，影響意志，變成連自己都陌生的東西。

不過無所謂，他不打算離開亞特拉斯了。卡特肯定也看得出來，或者，她很快就會想通這點。但她是卡特，是比任何人都堅強的女人，他知道她會好好地連自己的份一起活下去。

「你們快讓開！」艾爾文朝殘餘的盾兵大吼，接著他吸氣集中精神，將符文能量一股作氣釋放出來，全數砸向巨大魔物身上。

那股攻擊確實奏效，雖然沒能穿透它的厚冰外殼，卻也讓它因此後退了一大段路，轟隆隆地倒臥在建築物之間。它的本體動也不動，有那麼一瞬間，艾爾文期待它就這麼死了，但它身邊浮空的不規則體逐一變成尖銳的刺，朝艾爾文與士兵的方向襲來。

他伸手凝聚一道道護盾擋下尖刺，此時魔物已經重新爬起，似乎決定盯緊艾爾文不放，無心再顧及其他士兵。它張口發出了一聲驚人的低吼，此時周圍的溫度不再只是下降而已，還捲起一道雪風，蔓延至天際。

「符文師先生，我們打不贏它的。」其中一名士兵半跪在地上喘氣。

「我知道。」艾爾文冒出冷汗，他感覺得到體內有股不屬於自己的力量正在騷動，從手臂處往體內擴散，像是有它自己的意志。他維持能量護盾，一邊將手上的手環脫下來。「你們逃吧，然後替我把手環交給卡特議員。她有成對的手環，到時候……」

尖刺打破他其中一面護盾。他停止說話，重新製造新的護盾，但馬上又被打破，其中一道尖刺直接沒入那名士兵的胸口。

——該死！

艾爾文用力嘖了一聲，將手環隨手收進口袋內，不敢再看那士兵的慘狀，只能忍著作嘔的情緒再次構築護盾。

再這樣下去不行，必須把那隻魔物引回城內，最好是湖裡。

既然魔物的目標已對準自己，艾爾文立刻邁開腳步，藉著符文能量讓自己身體變得輕盈迅速，使他輕鬆閃開尖刺的追擊，繞過魔物往水道的方向跑去。

果然巨型魔物動了起來，放棄追捕較遠的士兵，而是追著艾爾文回頭。

雖然他跟卡特說自己有辦法解決魔物，事實上，他一點頭緒也沒有。

這隻魔物與任何他所見過的魔物都不同，從來沒見過那麼誇張的冰霜效果，光是想到這點就使他頭皮發麻。盡量拖延時間、觀察巨型魔物的動作與能力，是他唯一反擊的機會。

艾爾文在口袋摸索，想掏出符文瓶來製造護盾，卻讓手環也跟著掉落在地。「啊……！」他發出呼喊，卻沒時間將那只手環撿回來了。魔物的尖刺再度襲來，這次劃破他的小腿，讓艾爾文在地上失衡翻滾了幾圈，但他立刻起身，放棄撿回手環的念頭，繼續沒命地往湖泊奔跑。

——他有辦法解決這隻魔物嗎？

——他是從哪時候開始判斷錯誤的？

——是從他疏忽亞德安的死？還是設計這個符文陣？抑或是回來找卡特合作的時候？

他與卡特一心只想拯救亞特拉斯，拯救這個他們都愛著的家鄉，為什麼當所有人都齊心努力，換來的卻是這種結果？屍體橫倒在路邊、魔物大肆侵略破壞、裂隙也變得比之前更深更大、所有居民在一夕之間失去了家園……

艾爾文還來不及感傷，魔物又吼叫起來，向他拋出尖刺。

他舉手想做出護盾，卻發現指尖僵硬起來，傷口彷彿在與魔物的低吼共鳴，不受控制地顫動著。而這數秒之差便讓魔物抓住機會，尖刺穿過艾爾文的腹部，又像一道爪子般將他勾住，往魔物張開的大口拉了回來。

「嗚！」熱血湧上艾爾文的咽喉，從他嘴角流洩。

那股痛楚消弭了艾爾文的恐懼，取而代之的是不甘的憤怒，他掏出符文瓶，釋放大量的能量，一道道暗光從艾爾文手中如箭雨般落下，讓想將他吞噬的魔物不得不停下動作，承受那轟炸般的攻擊，同時被逼退到湖水邊，直到艾爾文一口氣耗盡所有符文瓶為止。

在魔物低吼如哀號的聲音底下，符文能量與冰霜交擊的瞬間製造出大量塵煙，穿過艾爾文腹部的觸手也應聲撕裂，讓他狼狽倒在地上，鮮血頓時順著傷口蔓延，在覆霜的銀白街道上抹出駭人的圖案。

艾爾文邊咳邊爬，眼前的視線變得模糊，幾度險些暈厥過去，所幸他仍藉著痛楚勉強撐住思緒，身後還能感受到魔物的活動。它顯然還沒死，艾爾文也不確定自己的符文究竟傷到它多少。

他決定停止掙扎，而是等待魔物再次吞下他的那刻，染紅的手顫抖地探索內袍，掏出身上最後的符文瓶。

白色魔物再次撲向他，身軀變化出觸手把艾爾文身體纏緊。

艾爾文在魔物眼前將能量釋放開來。

他腦中浮現卡特的身影，但不是離別時的卡特，而是年輕時，她晃著那小小的羊角與臉蛋，說著「我才不要和你在一起呢」的得意表情。接著是他們相擁、步入結婚禮堂的模樣，然後是孩子，卡特為他生下的第一個女孩，頭頂的雙角還十分柔軟。

有太多他渴望記錄的片段在腦中重新閃過，卻都不及那些真實的好。他本以為自己是為了亞特拉斯的人民，沒想到來到最後，他從來只為了一個令他心醉神馳的女孩而活。

他不自覺勾起笑容。

魔物被那股力量包圍起來，它終於對艾爾文的攻擊有了反應，拖著他的身軀滾落到水道之中，在符文能量──或者是魔物本來就具有的能力──影響下，他們身邊的溫度越來越低、越來越低，直到連水都開始停止流動，讓他們動彈不得為止。

艾爾文的符文並非什麼特殊的功能，而是最純粹的強化——強化魔物那具有冰凍效果的能力，讓它的能力直接發揮到自身無法負荷的程度。

如果那隻魔物真的具有自我意識，現在肯定是帶著強烈的憤怒發出威嚇，想以尖刺將艾爾文與他的法術推開，但追求魂能的本能讓魔物無法這麼做，它將紫黑色的男人持續吞入體內，直到掙扎至最後一刻，它再也無法挪動半分為止。

水面凍結了。它沉入水底，而法術仍然持續作用。

氣溫不斷下降，直到整座城市都開始陷入低溫，亞特拉斯陷入了白色的沉睡，時間流逝，讓這座城市漸漸變成納杰爾眼前的模樣。

漫天細雪在空中飛揚，飄落到納杰爾的臉上，融化成眼角的一滴水珠。

幻境在不知不覺中消失了，與現實銜接起來。當最後一塊拼圖完成的同時，納杰爾抬著頭看向天空，渾身因激動而顫抖著。

他確實看見了。

艾爾文的末路、亞特拉斯的毀滅、巨型魔物的沉睡，以及——

「轟──！」不遠處的位置發出劇烈巨響。

緊接著是飛舞的塵煙與倒塌的房屋，在他視線無法觸及的範圍傳來騷動。

納杰爾仍處於震驚的情緒之中，但他知道為什麼會有那道聲響，剛才的幻影裡，同樣的聲響反覆地出現，為亞特拉斯帶來絕望。

「什麼聲音？」

「聽起來是房子倒了？」

亞人們好不容易將珠寶撿完，迫不及待地拿在手中玩味，直到那聲音拉回所有人的注意力，他們才連忙站起身，重新勾起不安的情緒。

黯月也急忙跳下屋頂，無聲落在石板地上，向眾人宣告：「是那隻巨型魔物。它似乎是順著水道移動，又忽然出現在我們附近。」

伊萊文尖叫一聲，連忙抓住黯月的手臂。「是朝我們這邊來的？」

「不，雖然很接近，卻是往另一個方向去。」

「肯定是戴爾他們。」納杰爾也走了回來，臉上彷彿帶著沉重的陰影。

「他們終究還是夥伴，我們必須去救他。」

如今他終於明白了，亞特拉斯的氣候為何會如此異常，而現在又為什麼會有開始回暖的跡象。一切都是因為那隻異常的巨型魔物，就連艾爾文也對它毫無辦法，只能將它逼進深深的沉眠。而裂隙的週期活動——或者是王城的墜毀——都造成巨型魔物的甦醒。

「你……救……！」奧德里的表情像是吞了顆寶石噎在咽喉。

「不可能的，納杰爾，就算你現在趕過去也來不及了。」伊萊文害怕地後退一步，最先做的動作卻是護著自己裝滿財寶的包包。「我不能——我是說，士兵就算了，但我們是沒辦法跟那種東西作戰的——」

「我也不認為只憑我們的力量，就能救出戴爾他們。」黯月別過頭。而那些亞人像是找到有力的支柱，紛紛往黯月背後靠攏，認同她的判斷。

納杰爾啞口無言。

很明顯地，誰能保護他們的安全，他們就站在誰那邊。

他並不是無法理解他們的心情，看著那些亞人的眼神，恐懼早已壓垮了他們的理智，磨碎他們殘存的意志。納杰爾並不對此憤怒，重點是，他已經知道自己能做什麼。

「那就讓我去吧。」

他轉身正要往魔物的方向跑離開，黯月卻抽著氣，張開翅膀一口氣躍到他身前，擋住他的去路。

「你打算一個人去？」她詫異地問。

「我有辦法，我知道怎麼對付那隻魔物。」他下意識脫口而出。

黯月睜大雙眼。「你知道……？」

他看向那群緊靠在一起的夥伴，眼神帶著無助與渴求，像是希望納杰爾能留下來。

「把他們安置到安全的地方，」他回過頭，堅定地對黯月說。「帶他們出城，等我的消息。他們只能靠妳了。」

「他們需要的是你。」她搖頭否認。

「不，現在戴爾才是真正需要我的人。」

「你騙人，你只是想找藉口再一次送死……」黯月咬牙，隱忍許久的情緒彷彿又要爆發，但或許是想起納杰爾的決裂宣言，最終她還是壓抑下來，垂下眼簾，刻意以平板的語氣說道：「……隨便你。要去就去吧，不關我的事。」

納杰爾很輕地應了聲，接著便直直衝去。

「等等！」眾人出聲想喊住納杰爾，卻又不敢前進，只能焦急地看向黯月。

「伊芙，快阻止他！戴爾肯定活不了多久了，就算只有他去了也沒用！」

「──閉嘴。」黯月的聲音異常冷酷，讓他們嚇得倒抽一口氣。

「伊、伊芙……？」

「現在起，你們得叫我黯月。」只見她緩緩轉過來，雙眼沒有任何情緒，而是不容質疑地開口宣告：「強者才有領導大家的權力，不管是不是在貧民窟，這世界的規矩就是如此。」

他們面面相覷，不知道該如何回應黯月的話好。

「所以，你們必須聽從我的命令。」

然後黯月停頓了一會兒，接著說：

「因為我就站在這裡，比你們任何人都強大。而納杰爾──已經死了。」

Chapter Ⅷ

納杰爾原以為會花上一段時間找到戴爾他們，但他馬上注意到覆了薄雪的地板有明顯的拖行痕跡，以及魔物滾動時在地上刺出來的凹痕，在甦醒過後這麼久的時間，它的活動力顯然靈巧多了，而且能夠變幻成各種形狀。

他來到被魔物弄垮的建築物前，依稀還能聽見前方不遠處的隆隆聲在迴蕩，順著風聲傳了過來。就在不遠處了。他繞開轉進小巷，同時，戴爾的吆喝聲也傳進耳中，聽起來急促又緊張。

究竟是戴爾刻意引出魔物？還是真的不湊巧被魔物盯上？

他還沒想出答案，探頭便看見魔物在一條狹窄的巷子勉強前進，似乎是為了追逐戴爾等人，反而讓龐大的身軀陷在巷弄內難以前進。即使它再怎麼能夠變形，或許體型仍然受到限制。

魔物只會一個勁地追著人跑，直到對方性命結束為止。就像只會朝燈火撲飛的蛾，大多數的魔物並不會思考策略，也不會感到恐懼逃跑，就這點來說，將魔物困在窄巷是正確的選擇，至少能夠有效地爭取時間。但是很快地，那些

建築物會承受不住魔物的力氣而崩塌，畢竟是經歷風霜的木造房屋。

透過與幻象的對比，納杰爾注意到魔物的外型和之前有些不同，它身上所覆著的冰霜，比幻影裡看到的還要薄上許多，所以能隱隱看見底下黝黑的軀體色澤。

他握緊刀柄，吞著口水，思考自己該怎麼做好。但還沒有想出對策，便聽見戴爾在巷子盡頭呼喊掙扎的聲音。納杰爾沒能聽清楚內容，但他這下子發現更嚴重的問題。

——那是條死巷。

納杰爾腦袋發熱，立刻不顧一切地躍起身子，手中的刀用力朝魔物的背部劈砍。

魔物的背上多了一記鮮明的刀痕，卻僅僅是在冰霜上的痕跡，並沒有完全穿透魔物的身軀。納杰爾正想再補上一刀，魔物卻像個滾輪般在原地轉動，與頭顱一樣大的獨眼停在納杰爾的方向，直勾勾地盯著他瞧。那股視線沒有明顯殺意，卻帶著象徵死亡般的陰影，讓人只想遠而避之。

它似乎在納杰爾與另一批人之間衡量些什麼，沒多久，它做出決定，扭動

著身子掙扎離開小巷，朝納杰爾的方向直撲而去。

「可惡！」

納杰爾跳開身子，看見魔物方形的身軀撲空摔到地上，接著迅速變幻成球狀，而周圍的飄浮物體化為尖刺朝納杰爾戳刺，他本能地以刀身彈開，整個人卻也被那股力道甩了出去，重重跌到地上。

「趁現在砍它！」戴爾的聲音從魔物後頭傳來，緊接著，幾名長角亞人從魔物身側舉起短刀刺擊，但那短刀才剛劃出裂痕，又被新生的冰霜重新包覆，變得完好無缺。

魔物抖著身子，將亞人從身上撞開，以三角形的飄浮體四處回擊，在石磚地上打出一個個恐怖的凹洞。

納杰爾揮去腦中的暈眩感，扶著頭重新站起，才發現戴爾站在自己旁邊，舉起短刀應戰，完全沒有要退縮的意思。「你們……剛才為什麼不逃？」納杰爾嘶聲說。

「那是你才會做的事。」戴爾低哼。

「是你把魔物引出來的？」

「才不，但它既然都上門來了，哪有不殺的道理。」戴爾彎著身，緩緩轉動手中的刀柄。

「你這是在讓大家一起送死——」

「那也是你在做的事。」他毫不留情地譏諷納杰爾。「從來到亞特拉斯之後，哪次問題不是你引起的？你是所有人之中，最沒資格教訓我的懦夫。」

「你……！」

納杰爾氣得咬牙，更多的情緒是痛苦。戴爾說中了他最在意的事情，也是他不論如何向眾人坦誠認錯，都無法彌補內心罪疚的部分。並不是因為不管他怎麼自責，這些亞人夥伴都選擇原諒（或者不原諒）的緣故，而是他真正想要道歉的對象，已經永遠無法回應納杰爾了。

他不是英雄。英雄不曾自責，因為英雄只會做出正確的決定。

但是，他也絕對不是戴爾口中的懦夫。

之前的納杰爾不曉得該做出什麼選擇，現在他已經知道了。

「隨便你怎麼想，我還是必須帶你們離開這裡。」納杰爾威嚇似的說。

「媽的，你敢？」戴爾啐了一聲，像是失去了理智，紅了眼發狠朝納杰爾揍去。

他閃躲開來，注意到魔物的尖刺同時往他們過來，便將戴爾押倒到地上，他們跌在一起，戴爾卻還不死心地爬上納杰爾的身子，試圖掄起拳頭往他的臉上揍。「別鬧了！」納杰爾忍下他的攻擊，同時抓住他的衣領，施力將戴爾再次拖到地上，狠狠反擊他一拳。

戴爾眼神發暈，鼻血也流了出來。納杰爾越過戴爾，重新撿起自己的刀，朝那些試圖攻擊魔物卻徒勞無功的亞人大吼：

「你們快走，別跟這隻魔物纏鬥！」

「別聽那傢伙的屁話！」戴爾也爬起來嘶吼。

那三名亞人互相對望一眼，當他們注意到魔物的冰霜永遠都打不破的時候，眼中也已逐漸失去戰意，取而代之的是困惑與不安，納杰爾的話正好稱了他們的意。他們不再攻擊魔物，而是格開尖刺，繞開魔物準備逃跑。

但他們只顧著背對魔物，卻沒回頭注意從後方纏上來的尖刺。

魔物抓住其中一名亞人的羊角，將他拉回自己面前，準備張口吞噬。看見這幕的戴爾立刻衝上去抱住那名掙扎的亞人，不讓魔物把他拖入口中。

「小心！」納杰爾反應過來，將戴爾連忙從那名亞人身上拉開，魔物的數道尖刺也在瞬間刺穿男人的身軀，那些尖刺差點就成功傷到戴爾，同時貫穿兩人的胸膛。

「不……不！」戴爾氣得滿臉通紅，刀子不斷戳刺魔物的眼睛與嘴角，然而冰霜幾乎沒有損傷，就算被打出裂痕，也馬上就會復元。

——這樣下去不行，永遠都無法真正傷到它。

納杰爾強拉住戴爾的臂膀，將他拖離魔物身邊。

「放開我！」戴爾還激動地揮舞手臂，短刀試圖往魔物的方向砍去。直到納杰爾將他拽進其中一條小巷，趁魔物再度卡住的時候，他們來到最深處的房屋，納杰爾踹開門鎖，吃力地將戴爾拉向屋內。

戴爾跌到地上，撞翻傢俱與瓶罐。納杰爾也將門勉強關上，大汗淋漓地喘著氣。陽光從屋頂的破洞與窗戶打進來，讓這房間還不至於太昏暗，戴爾狼狽地想爬起來，卻又踢倒了許多罐子，最後索性跪在地上，憤怒地搥打地板。

「媽的、媽的、媽的！」戴爾發出狂吼，直到雙手敲得通紅才顫抖地停下。

「它還是知道我們藏在哪，距離不夠遠。」納杰爾喘息著說。「從另一邊窗戶逃出去，或許順利的話可以甩脫它。」

「你給我閉嘴！」

他一躍而起，衝上前來揮拳，卻被納杰爾閃身擋下，在戴爾側臉用力揮出一拳。

戴爾撞上櫃子，又馬上跳起來攻擊，這次納杰爾低下頭來，用自己的斷角斜撞上戴爾的臉，讓他一陣踉蹌往後跌去，只能吃痛地摀著鼻子，任鮮血沿著指縫流出。

「你不曉得自己在做什麼。」納杰爾咬著嘴唇，努力調整自己的呼吸。

「納、杰、爾！」戴爾胡亂擦去臉上的血，恨恨喊著那名字。他不再反握短刀，而是轉了個方向將刀刃對準納杰爾。「我要親自把你送進魔物口中，再跟這個鳥地方同歸於盡！」

「你──」

短刀像颶風刮過納杰爾的臉頰，看得出戴爾不再留手，一次又一次將他逼向牆面。比起對付魔物，戴爾在對付人類這方面確實熟練多了。納杰爾的臉頰

與脖頸都被劃傷，胸口也被刺出一道傷痕，他忍痛趁著戴爾動作空隙夠大時，抓住對方的手腕，用僅存的力量壓制戴爾的刀。

「你鬧夠了沒有！」

納杰爾額頭用力撞上戴爾，用角將他向後格開，在他臉上連揍了數拳。戴爾倒在地上，卻不再奮力爬起，而是縮著身子在地上發出嚎叫，崩潰的淚水如止不住的湧泉落下，納杰爾也坐在地上喘息，傷口發燙地刺痛，他施力摀著胸口，嗅著那竄進鼻腔的腥味，傷口沒有深及內臟，但足以使他痛苦了。

房屋一陣劇烈震動，他抬起頭看向門窗外，魔物並沒有順利擠進來，卻已經能看見它的影子越來越逼進巷內，如果不是它先成功進入房屋，就是房屋會先承受不住倒塌。

「戴爾，我們得逃走……」納杰爾有氣無力地說。

「逃個屁！」戴爾的淚水還掛在臉上，整個人哭得虛脫，五官也難看地緊皺成一團。「為什麼是你這種人！為什麼戴瑞要把自己的性命交給你？納杰爾，你究竟憑什麼？憑那些發瘋的幻覺？還是你愚蠢的行為？」

「你不逃，我就會在這裡和你一起……被魔物殺死。」納杰爾忍痛吞著口水，試著讓呼吸平靜下來。「因為我沒有對付魔物的辦法。」

「你沒有？」戴爾抬起頭，發出不曉得是哭或笑的聲音。

「目前沒有。」

「但你還是丟下其他人過來了？你這個白痴！」

「你說得沒錯，我又一次做出愚蠢的決定。」他露出苦笑。

「天啊——」戴爾這次真的大笑起來，他抱著肚子癱坐在地，露出帶淚的笑容。「這太愚蠢了，我們都一樣。你說得對，我何必還要費力殺你？你才不是什麼厲害的傢伙，頂多和我一樣是個沒腦袋的白痴。你自己就會跳進魔物嘴巴裡。」

「和你一樣。」

「閉嘴。」戴爾也吐了口長氣，將臉埋進自己掌間。「戴瑞不會這樣。是他的話就不會。我快瘋了，該死，我受夠你跟這隻魔物了。為什麼我幹不掉它？為什麼你——我們曾經崇拜過的你——會是這種廢物？」

「讓你失望了。」他嘆息。

「夠了，我對這整個世界都失望透頂。」戴爾不敢看他，而是將頭垂得更

低，再次發出啜泣。「我和戴瑞明明努力生存下來……只是想生存下來……像個正常人……」

傷口抽痛起來，納杰爾深深吸著氣。

房子又一次震動。這次更為激烈，灰塵與木屑撒落，彷彿整個屋子都要歪斜起來，戴爾卻沒有任何反應，像是失去戰意，抱頭哭泣。

納杰爾也感覺自己異常疲累，他明明有很多想法要告訴戴爾，或是告訴對方該如何振作起來，卻開不了口。如果能重新選擇，納杰爾大概不會去攻打王城，也不會執著於亞特拉斯的幻影，甚至親手推開黯月。他自己也有太多遺憾，以至於看見戴爾那麼相似的身影，他反而不曉得該說什麼才好。

「——來到這一刻的感覺如何？」

艾爾文的聲音突然出現在耳邊。

起初納杰爾還以為自己聽錯了，但是當他重新張開眼，發現自己身前坐著一名半透明的男人，他伸手解開自己的符文外袍，露出那被魔物劃傷的手臂

——艾爾文並沒有看著納杰爾，而是帶著冷汗替自己包紮，勉強擠出微笑。

「那個手環……嗯，就當做我個人不良的癖好吧。抱歉，這絕對不是幻覺，而是我強制讓持有者看見的回憶紀錄。」艾爾文說。「我把這段對話放在最後才會出現，不過你若能看見這段對話，表示你應該已經知道我的結局了，至少，你沒有因為被嚇到而將手環拋棄。這點我可要感謝你。」

是的。他知道。納杰爾激動地伸手觸向口袋，手鐲的形狀鮮明。

在看見艾爾文與卡特告別的幻影之後，他才終於想通這一切。

幻影不是來自亞特拉斯四周，而是在他的口袋裡——那個他以為平凡無奇的手環——如果納杰爾能早點意識到，他與戴瑞就不會對這些幻影抱持錯誤的期待了。至少，他們可以做出更好的判斷才對。

「如你所見，那個手鐲記錄了我的回憶——該死。」艾爾文一邊掏出藥水，試著灑在自己的傷口上，然而沒有效果，只是讓他白白挨痛了一回。「好吧，這果然沒有效。但我猜要截肢也來不及了，至少……嗯，我可以把傷口遮起來。否則卡特看見會崩潰的。」此時，艾爾文咧嘴起來，在這種情況下他竟然還能談笑自如。

納杰爾很想這樣開口詢問，卻又決定沉默。反正，就和之前的情況一樣，這次也是一段註定無法傳達情感的幻影。不管納杰爾想問什麼，都無法從艾爾文身上得到解答。

「如果能夠看完這些，大概也能減少眾人對卡特與符文法術的誤解吧。至少，可以讓更多人知道，亞特拉斯為什麼會變成現在這樣子。總之，這些幻影並不是用來炫耀我做了什麼功績，而是為了記錄自己的愚昧罷了。」

不。艾爾文並不愚昧，他做的一切都是對的。納杰爾鼻頭一酸。

艾爾文像是看著納杰爾，笑容逐漸變得酸澀，他已經將傷口完全纏起。

「我知道自己大概會變成什麼樣子，也知道自己永遠無法離開亞特拉斯了。我會想辦法叫卡特逃走，然後獨自留在這裡與魔物奮戰到最後一刻——說來丟臉，我並不喜歡戰鬥，也討厭見血，更討厭面對那些奇形怪狀的魔物——我以為自己的選擇能讓我永遠遠離這些事。」

艾爾文的手忽然一僵，像是疼痛的抽動。他伸手按住傷口處，直到此刻，納杰爾才終於看出他眼中閃過的那道情緒。

他在恐懼。

「我的做法沒有錯，只是如你所見，正確的決定未必能迎來好的結果。到最後，我也只能保護卡特與我們的孩子而已。」他垂頭忍著痛楚，看著自己的手環。「接下來魔物應該會大舉侵犯亞特拉斯，甚至影響到其他王國的版圖。對不起。我並不是什麼值得敬佩的英雄，真正值得敬佩的，是願意冒險回來這座城市的任何人。我……」

艾爾文顫抖起來，他垂下頭，一度激動得說不出話。

看著那幅景象，納杰爾忍不住搖頭開口：「不，別說。」

他並不想看見艾爾文這副模樣，然而當艾爾文抬起頭時，他的臉頰已爬滿淚水，露出哀傷的笑容。

「不管你是誰，我只希望你能做到我未能做到的事。」

不可能。

連艾爾文都做不到的事——他又憑什麼——

「我只能將自己的夢寄託於渺茫的希望了，如果有人能拯救亞特拉斯的未來……我希望你也是其中之一。對不起，請原諒我的自私。」

混帳，不要道歉。

納杰爾眼眶一紅，對艾爾文只剩下激動與憤怒。

「就叫你住口了……混帳！」

「請轉告卡特與我的女兒阿絲塔，很抱歉我違背了諾言。希望這份訊息至少能及時傳達給她們。」艾爾文擦拭眼角，試圖做出像往常那樣親切完美的笑容，但還來不及成功，幻影就消失了。只剩下納杰爾搥著地板，努力抑制眼中的淚不流出來。

這種感覺真是太差勁了。

他要的從來就不是任何人的道歉──

他只是──想要找到一個能引領自己的人──

不論是排解自己的痛苦也好、教訓自己的錯誤也好、能永遠待在自己身邊的人也好──

就連他自己都渴求解脫了，其他人又怎麼能冀望將責任託付在他身上？

「轟──！」

屋子又震動起來，納杰爾忍著淚水看向窗外，只見整片窗戶外都被魔物的身軀蓋住，在那駭人的漆黑之中，那隻大眼睛的視線落在納杰爾身上，宣告他的性命即將終結。

他跪坐在地，想逃走卻又無法動彈。

就在那窗戶即將被魔物的身軀撐破的同時，房間對側的窗戶先是發出極大的撞擊聲響，以及玻璃匡啷破碎的聲音，嬌小的黑色身影伴隨陽光而來，張開如渡鴉般美麗又強悍的羽翼，在納杰爾與戴爾面前輕盈落地，大膽地與魔物對峙。

他眨眨眼，不敢相信自己看見的畫面。

戴爾也從毫無生氣的眼神轉為驚訝，讓納杰爾確信，眼前的女孩並不是幻覺。

黯月推了推面具，冷峻的目光先是看著魔物，接著低頭朝納杰爾伸出了手。

「走。」

她一開口，整個世界彷彿又重新運轉起來。

納杰爾本能地順著那道光前進。他抱起戴爾，抓住黯月的手。

魔物在同時擠破了屋子，窗框與玻璃，還有那整面木牆都隨之崩裂倒塌，

整個房子扭曲起來，魔物的尖刺沒入櫃子、牆壁與梁柱，拉著魔物的軀體往屋內擠去，飢渴地張開血口。他們從黯月闖進來的窗戶爬出去，來到另一側的窄巷，此時屋子已經完全承受不住魔物的肆虐，壓垮在魔物身上。

納杰爾跟著黯月跑出巷口，立刻看見臉色蒼白的伊萊文、奧德里、亞林……剩下的亞人都在這裡，他們止不住顫抖，卻還是來到這裡。

「這是怎麼回事？」

「黯月……說你死了……所以她是我們的……老大……」奧德里抓緊包包，原本結巴的聲音，如今更是難以拼湊成句。「她說……不跟著老大走……就自己回去……」

納杰爾張著嘴看向黯月。

「你說得對，對話不是我的專長。」黯月面具下的眼睛流轉著光芒。「所以我決定來這裡，用行動證明我想做的事。」

「妳在說什麼……」

納杰爾的聲音停在口中。他清楚看見黯月堅定的眼神，以及那淡淡微笑背後的意義。

她確實不擅言詞。

但她總是能用別的方式理解納杰爾，也讓他用言語之外的方式理解了她。在黯月的眼眸中，他終於找到能夠引領自己——同時讓自己變得堅強的東西。

「魔物要來了……！」

此時伊萊文朝著巷弄發出吶喊，魔物似乎已經掙脫出來，往他們移動，嚇得伊萊文差點將身上掛著的高級首飾甩落在地。

「你們與魔物保持一段距離，將它引向廣場的地方。讓戴爾保護你們。」

納杰爾指向奧德里一行人，再轉頭對黯月說：「帶我到高處。」

「什麼？保護什麼？」精神還沒振作起來的戴爾皺起眉頭。但他還沒開口拒絕，那群亞人立刻環繞住戴爾，像是抓著救命索抱著戴爾不放。

「戴爾，我們的命就靠你了。」

「拜託……保護好……我們啊！」

「這些珠寶會分你一成的。」

「喂！你們——納杰爾，你搞什麼！」戴爾漲紅著臉，與其說是殿後保護大家跑走，不如說更像是被那群亞人拖著走似的。

黯月帶著納杰爾，沿著屋簷向上來到一處三層樓高的屋頂，魔物也正好離開巷口它的身子呈方形，現在又隨著開闊的街道變成圓狀。它的眼睛先是四處掃視了番，雖然注意到納杰爾與黯月，但在短短的停滯之後，魔物毫不猶豫選擇了跑在前方的好幾名亞人，開始朝他們的方向滾動。

「它果然會選擇近的那邊。」納杰爾半跪在屋簷旁，觀察魔物身上的冰霜狀態。

「有想到辦法了嗎？」

「嗯。它身上的冰霜會形成一層保護，但它從醒來之後就不斷變形與移動，冰霜比先前薄了很多，肯定有最脆弱的部分。我想試著先找到合適的位置攻擊，破除它的外殼。」

黯月思索了會兒。「既然你有辦法，那時候為什麼不告訴我？」

「那時候我還不確定，而且畢竟是我……先和妳撇清關係。」他沒想到黯月如此敏銳。

「所以你拉不下臉取得我的幫助，甚至是戴爾的幫助。只因為你的內疚。」黯月很努力不露出鄙夷的吐氣聲。「愛鑽角尖的羊脾氣。」

「隨妳怎麼罵。」他臉頰一熱。這女孩嘴上說著不了解，實際上倒是將他看穿得很快。

「我沒有罵，從以前就是這樣，我很清楚這是你的作風。」黯月瞇起眼，似乎在盯著魔物的背部。「只是你大概忘了，我也有我自己的應對方式。」

「妳說應對什麼？」他愣了愣。

「魔物。」她那句話不確定是不是在回答納杰爾。「我找到位置了，走吧。」

黯月拉著他的手，藉著她的飛行能力，讓納杰爾能夠更輕鬆地在屋頂攀爬奔跑，很快便從高處追上魔物。它已經被引到廣場，飄浮體不斷變成尖刺朝眾人刺出，然而或許是價值連城的寶物反而刺激出亞人們的求生意志，他們逃得比平常更快，幾乎閃避了每道攻擊。

魔物也開始改變型態，不再是利於移動的圓球狀，而是四平八穩的方型。

「就是現在！魔物的頂部！」黯月低喝一聲，納杰爾也看清楚了，立方體的頂部明顯露出冰霜底下的黑暗色澤，即使只有一小部分，但應該足夠他們嘗試。

納杰爾握緊刀柄，黯月則拉著他另一隻手，讓納杰爾自空中向下一躍，在進入魔物攻擊範圍的同時，雙手緊抓住漆黑的彎刀，使盡全力進砍魔物的頭頂，猛烈的力道伴隨著納杰爾的低吼，彎刀陷入魔物的體內，讓魔物驚嚇地扭動身子將納杰爾甩落，漸漸又變回圓球狀，試圖將刀子從傷口處彈開。

納杰爾翻滾著跌到地上，立刻撐住身子。雙手隱隱發麻劇痛，卻不敢因此停下動作，趁著魔物變型的同時蓄力一躍而起，亞人的體質讓他的雙腳特別有力，一下子便跳到足以與魔物並行的高度，將彎刀試圖踩進更深的位置。

但魔物變形的速度比他想得更快，彎刀只順著力道在它身上劃開一道裂口。

「黯月！」他急著仰頭大喊。

黯月正高高飛起，展翅在空中翻轉半圈，眼神專注盯著魔物背上一點，俯衝下來的模樣殺氣盡露，像是轉身就能奪人性命的死亡女神。她化成一道黑色的殘影，用極快的速度直直下墜，拳刃深深埋入魔物背上的裂痕，集中在它脆弱的部位。

當她抽出銀刃的那刻，魔物也發出短促的嘶吼，冰霜隨著它激烈甩動的身

子片片掉落，讓大半黑色身軀裸露在外。為了讓冰霜持續剝落，黯月繼續迅速揮動銀刃攻擊，以危險的近身距離與魔物纏鬥。

納杰爾也想趁勢追擊，但剛剛那道攻擊的衝擊力道，使他雙腕依然發麻，短時間內要重新握緊刀柄都有些困難。他抱著雙手站穩身子，試著想將彎刀重新拾起，卻沒想到身旁的夥伴更快有了動作，一道身影如野獸般迅捷，躲開魔物的攻擊來到納杰爾面前。

「媽的，我來！」是戴爾的聲音。

「你——」

戴爾抄起納杰爾的彎刀，靈巧地繞到魔物身後，在空中劃出一道黑紅色的軌跡，在它背上劃開明顯的傷痕。「總算砍中你了，混蛋魔物，這下子刺穿你的屁眼一百遍也不夠！」戴爾發狠地笑著，加重手中揮動的力道。

「噁心死了，戴爾，住口！」伊萊文或許也受到戴爾的刺激，索性拉開距離，甩著叮叮咚咚的高級首飾拉開弓箭，趁冰霜剝落還來不及重生的瞬間，箭矢刺中魔物的眼睛，讓魔物的身軀瑟縮起來，就連尖刺也跟著僵直，盲目地胡亂朝地面戳刺。

「幹得……漂亮……！」

「誰都不能搶走『我的』首飾，」伊萊文甩著頭髮，嘴角上揚，露出恐懼卻又豁出一切的可怕笑容。「就連魔物也不例外。嘿、呵嘿嘿嘿——」

「伊萊文，繼續幫忙攻擊本體，我來破壞它的觸手！」黯月也在這氣勢中大聲下令。

接著她優雅飛起身，咬著唇角旋身來到魔物面前，黑色的身姿在尖刺間穿梭。魔物試圖攻擊黯月，又想再次變形攻擊戴爾，反而使他的反應與動作慢了下來，尖刺也隨之被破壞。

「去死啊啊啊啊——！」戴爾砍紅了眼，瘋狂的表情猙獰不已，最後用力將彎刀插進魔物體內，試圖直接砍進深處。傷口處不斷噴發出黑色的冰冷能量，試圖將刀子從體內擠出。

納杰爾也湊上前去，伸手與戴爾一起按住刀柄，兩人匆促對視一眼，接著默契地合作施力，在那陣陣刺痛肌膚的凍骨寒風中，用力將刀鋒深入。

他們同時發出嘶吼，像是要將一切情緒化為力量，將所有的憤怒施放出來。

「它快不行了！」就連伊萊文也能夠看出魔物的力氣轉弱，她用力射出最後一枝弓箭，伴隨著首飾聲響，讓滿身箭矢的魔物身上再添一道傷痕。

魔物的尖刺不再猛烈，就連動作也越來越慢。

他們就這麼前後不斷夾擊魔物，魔物終於開始發出嘶啞又脆弱的呼吼，冰霜覆蓋身體的速度也逐漸緩減，傷痕累累的軀體瀕臨崩解，它卻還是不斷嘗試張口想吞掉他們，爬著身子往前開闔血口，直到最後一刻，它停在納杰爾身前，身體分解成細小的碎片與部分融雪。

彎刀在他們力氣用盡的那刻，隨著粉碎的魔物掉落在地。

魔物徹底死亡了。

納杰爾不敢置信地看著，那個連艾爾文都沒能打敗的魔物——如今由他們一起打倒了。

就算只是幸運或巧合也好，他終究是替艾爾文和其他夥伴的性命報了仇，憤怒散盡之後，取代的是感動的顫慄。

「贏了……」納杰爾首先看向蹲在地上的戴爾。「戴爾，我們成功了。」

「嗯。」戴爾蹲在地上喘著氣，動也不動。

「戴爾？」黯月也微微喘著氣，看向神色有異的他。

接著他們順著戴爾的視線看去，發現站在廣場旁的奧德里。他抱著雙臂從角落緩緩走出，眼神顫抖地掃視眾人，像是在求助。

「納……納杰爾……」

奧德里的半邊臉頰覆上一塊突兀的黑斑，疑似是從臉上的擦傷不斷蔓延開來。除此之外，他身上還有許多地方滿布黑暗，與血絲混雜在一起。

「奧德里──！」

「……救……我……不想……」

奧德里的聲音斷斷續續，舌間擠出的不只是哀求，同時也混雜著一道不屬於人類該有的喉音。

戴爾──以及納杰爾──其中一人率先拿起了刀。

他們之間有人做出了決定。

接著，戴爾與納杰爾兩人同時動作起來，無視其他亞人的驚叫，朝奧德里衝了過去。

——管那些錯誤或正確的選擇去死。

那一刻，納杰爾真正在想的是……

不管做出哪一種選擇，他都不能再後悔了。

Epilogue

風雪停了。

他們發現亞特拉斯的氣候漸漸回暖起來，冰柱開始滴水，積雪也逐漸融解。這一切都發生在那隻巨大魔物死去之後。

沒人說得出確切的原因，納杰爾只能猜測可能跟魔物的死有關。

「你怎麼知道跟魔物的死有關？」

「因為它身上有強化符文的效果，我很確定。」

「又是你那幻影顯現的內容嗎？你……還會看見幻影嗎？」

「已經不會了。」

「你怎麼能確定？」

「我有很多事情沒有告訴妳，黯月……不過，現在我有時間了。」

黯月沉默了幾秒。「你現在願意說了。」

「嗯，如果妳還願意聽的話。」

「哼……」

他決定當做那是黯月願意的意思。

黑暗中，納杰爾與黯月走在亞特拉斯的暗巷內。

他們輕輕移動，像是在配合夜晚寧靜的步調，腳步顯得緩慢輕鬆，他們累了一整天，精神卻興奮地活躍著，逼他們繼續踏出步伐前進。

「對了，已經沒有任何魔物了嗎？」他問。

「嗯，沒有了。裂隙隙縫多少還會冒出一點魔物，但只是寥寥幾隻，體型也不大。」

「如果還有那麼大隻的魔物出現……」

「我們會知道的。」

「我想也是。至於那些小型魔物──」

「要我去清掉嗎？」

「不，留著。可以的話，定期將它們引出晴空草原更好。」納杰爾的聲音停頓了一下。「讓別的國家以為這裡還不安全，對我們比較有利。」

「為什麼？」

「我想留在這裡，或者說，再觀察這裡一陣子。」他接著說。「至於夥伴們……我會試著說服他們。」

「我就是這個意思。為什麼要留下來？」

「各方面來說都有優勢，妳想知道嗎？」男人不禁發出輕笑聲。「首先，龍瞳晶球還在這裡，我們可以取得談判先機。再來，亞人需要一個比太陽王國更安全的地方，我希望趁王國內亂的時候，重新穩固亞人的勢力。」

「亞特拉斯不夠好，你會更容易樹立敵人。」黯月不敢苟同。

「但是以暫時據點來說，不會有比這裡更好的地方了。」

黯月思索了會兒。「我們有物資的問題。」

「不，已經解決了。」他走出巷口，面對荒廢的海港，王城如黑色的剪影佇立遠方。「只要到沙漠市集去，放出消息製造混亂，我知道誰能幫忙支持我們。接著，大家必須回到王城，裡頭的資源足夠我們撐上好一陣子。」

「你要回去王城？」她驚訝出聲。

「我要利用王城。」

過了好一會兒，她略帶感嘆地說。「你從什麼時候開始思考這些事的？」

「多虧這裡的寒冷氣候，讓我冷靜不少。」他半開玩笑地說。此時，他們

已經來到某處小型廣場的溫暖營火前，讓他臉上的表情也有了溫度。「不過真正的理由是，在失去這麼多東西之後，我已經不想成為一個只會憤怒的人了。」

他脫下兜帽，露出那雙黑色羊角。

「納杰爾、黯月，巡視辛苦了。」亞林朝他們招手，他們一群人圍著火堆有說有笑，氣氛歡樂。「快來幫我們勸勸伊萊文，叫她別再掛著那堆叮噹響的東西到處跑了。」

「老天，這些首飾搞得我又冷又痛，脖子跟手都快凍成冰塊了。」伊萊文抱著雙肩埋怨。

「但她就是不肯拿掉。」亞林攤手。

「都怪這見鬼的天氣！」伊萊文氣憤地高呼一聲，然後又恢復成喃喃自語。「我才不會拿掉，我好不容易有機會擁有它們……我不會向惡劣的天氣屈服……」

「她會拿掉的。」戴爾舉起他被層層裹起的整隻手臂，冷笑開口。「等到她的手凍到必須截肢時，自然就戴不起來了。」

「拜託。」伊萊文咬牙瞪了他一眼，但那口氣明顯軟了下來。

眾人鬧哄哄地嘻笑起來，黑色的長影在火光下閃動，看得出來大家的心情都很好，即使口中喝著融雪，也好像它們是從陳年酒桶裡挖出來的。戰勝魔物的美妙滋味足以讓他們醉上整晚。

「戴爾，你的手還好嗎？」納杰爾仰首問。

「還好，即使只是砍了兩根凍傷的指頭。媽的，那隻魔物就像是冰塊製的。」戴爾站起身，試著動動手臂，但他的繃帶厚到就連手想彎曲都沒辦法。「伊萊文在裡頭塞了很多藥草，還包得特別緊。」

那時候刀子插入魔物體內時，寒冰的氣息不斷從它體內噴發，將彎刀也凍得跟冰塊一樣寒冷；即使如此，戴爾依然不肯鬆手。握緊彎刀的手自然也隨之凍傷，那恐怖的青黑色幾乎與被魔物侵蝕的模樣無異。

「來吧，我幫你鬆綁檢查一下狀況。」納杰爾朝他招手，示意要他到一旁來。

「看好了，它很快就會成為我英勇的勳章，各位。」戴爾朝眾人挑眉，略微得意地展示他的手。而大家也十分配合地舉杯歡呼，紛紛向戴爾致意。或許

是經過那場戰鬥之後，大家對戴爾的看法隨之改觀，自然也重新接納了他的歸來。

納杰爾看著他們互動的模樣，忽然間，他彷彿從戴爾身上看見了戴瑞的影子。

或許這次冒險過後，改變的人並不是只有自己而已。

在戰鬥過後，戴爾什麼都沒有對納杰爾說，關於小屋裡發生的爭執，他們也默契地不再提起。或者應該說，他們已經沒有必要談論那件事了。所有的糾紛與不解都隨著魔物的死一併冰釋，這座城市正在逐漸變得安定，就連他們之間的關係也是。

「幫我綁鬆一點吧，整隻手都快鐵青了。」

「伊萊文只是怕你的傷口不夠乾淨，如果傷口感染了，就算不是魔物殘渣也照樣會害死你。」說是這麼說，納杰爾還是將繃帶放鬆了些。

「放心吧，到那時候大不了一刀砍死我，順利報復之後，我也沒什麼遺憾了。」戴爾掏著耳朵，講得倒是輕鬆。納杰爾將繃帶打結，若有所思地看著他。

「戴爾，奧德里的事……」

「幹嘛？你不是跟黯月去把他埋起來了？」戴爾垂下眼簾，眼神稍微陰鬱。

「我只是想說，當時你撿起了刀。」納杰爾的聲音很輕很輕。「我還以為你……」

「我還知道什麼事該做。我才以為你是要去阻止我的，結果卻是幫我壓住奧德里，呵。」

「你覺得這很好笑嗎？」他抬頭看了戴爾一眼。

「不好笑，但很諷刺。原諒我管不住嘴角。」戴爾聳聳肩。「我們都付出了代價。我累了。而且，大家刻意不去提奧德里的死，是因為他們也累了。就這樣吧，納杰爾，別再想奧德里的事，也別再想之前……我們發生過的那些事。」

納杰爾點點頭，他忽然覺得，如果是現在的戴爾，或許就可以對他坦承了。

「我決定留下來。」

「留下來幹嘛？」戴爾挑眉，直到納杰爾提出自己的想法後，他才垂下眼簾，並沒有反對納杰爾的意見。「隨你做吧。」他說。「反正你知道要往哪兒去了。」

「那你呢？」

「我哪知道啊。」他垂著頭，看看自己重新被包紮好的左手，不大甘願地輕哼一聲。「多虧這次來到亞特拉斯，把我和戴瑞原本的計畫全打亂了。在重新找到我自己的答案之前，暫時跟著你也不是不行。」

「那就請多指教了，戴爾。」納杰爾微笑起來，伸出手。

他撇著嘴角握住，耐不住性子站起身來。「我去轉告其他人。」

戴爾一手插著口袋來到營火旁，淡漠地向眾人宣告納杰爾的計畫，一開始那些人還驚訝地提出疑問，臉上充滿對這個計畫的不安神情，但是戴爾開始述說起納杰爾的理想，他們的聲音開始壓低，也漸漸在火光中安靜下來，彷彿在所有亞人心中的夢想之間達成了共識。

一個真正屬於亞人的地方，讓亞人重新開始。戴爾用這句話總結了一切。

納杰爾知道自己不需要再擔心大家的意向了。

他重新起身、披上斗篷。當眾人還想再舉杯慶祝這個全新的開始時，納杰爾已經悄悄消失在營火溫暖的光芒外。

他走在被漫天星斗包覆的大街上，月色映照出亞特拉斯的另一面風貌，這裡又濕又冷，風一吹來就能感受城市的蕭瑟，可是納杰爾從沒看過這麼清明的天空，抬起頭時，不會被滿街的染布遮蔽，空氣中不會飄來垃圾與屎糞的臭味，也沒有又擠又窄的簡陋房屋，他可以自由穿梭。在這裡，一切事物都變得遼闊，人則變得渺小又自由。

專屬於此地的迷人視野，而他竟然至此刻才意識到亞特拉斯的珍貴之處。

「你又要去哪裡？」停佇在屋簷上的渡鴉開口。

「找個適合下葬，風景又好的地方。」納杰爾假裝忽略對方驚訝的眼神。「前面有一個小山坡，可以看見港口，同時又能看見太陽升起，或許是個好選擇。而且我現在很想走走。」

「為了那些死去的夥伴？」渡鴉從空中落地，變成少女的模樣，安靜來到納杰爾身旁。

他吐出薄霧，沒有直接回答黯月。「老實說，我還是不曉得自己今後該做

什麼。」

「這很簡單，活下去。我們擅長的。」

「活著就會面臨選擇。」他若有所思地說。「而現在，有許多人……提供了許多選擇給我。」

「那你最想做的是什麼？」

「我不知道。我只好奇今後的自己能做到什麼程度。」

納杰爾與黯月停在一處小山坡上。

這裡確實如他所說，擁有絕佳的視野，原本會擋住視線的高房如今已經倒塌，正好能一口氣看見港口與海岸，就連夥伴們點燃的營火光芒，從這裡都隱約能看到。認真豎起耳朵聽的話，還能聽見他們歡笑的聲音，替亞特拉斯帶來些許生氣。

納杰爾在山坡附近看了看，隨手找了個夠粗的枝幹，做成簡單形狀的墓碑，然後從口袋裡掏出手環。

「那個不是——」黯月還沒說完，臉色變得更加驚訝，因為她看見納杰爾又掏出第二個相同的手環。兩個手環造型一模一樣，只是色澤有些微微不同，

但很難細分出差異。

「那天，我們在廣場撿起來的並不是我的手環，而是一個新的。原本的手環則被收在別的暗袋裡，連我自己都忘記了，所以才沒注意到。」

「所以那個手環的主人是……你的親人？」黯月恍然大悟。

「或許吧。但更重要的是手環的主人，是我認為最接近英雄的男人。」他拿起那個讓他不斷看見幻影的手環。「即使如此，我心中的英雄也承認了他的失敗，甚至將他的遺志傳達給我，我認為……這已經不是巧合可以形容的事情。」

她擔憂地握緊拳頭。「你看見亞特拉斯末路的原因了？」

「嗯。我猜是太陽王國的人從中作梗。補上裂隙也意味著礦石可能停產，總會有人不樂見這種情況，所以卡特他們一直在遭遇某種阻礙，只是最後的結果變成連王國也無法控制。」納杰爾微微蹙眉，不大肯定地說。

「如果是這樣，接下來亞人的命運或許會更辛苦。你可以不需要承擔，沒有人會怪你。」黯月吐著霧氣。「……雖然這麼說，你還是會選擇背負責任吧。因為他們確實需要你，以及你想做的那些事情。」

「如果有比我更合適的人，我會主動卸下這一切。」

「不過你得承認，目前沒人能提出比你更好的辦法。」黯月別過頭，小聲說。「戴瑞也是這麼說的。」

「他？」納杰爾倒是嚇得差點咳起來。「這才不可能，他什麼時候說的？」

「在你回到亞特拉斯昏迷不醒的時候，他問起了我們的爭執，也希望我繼續陪著你。」她突然拉起兜帽，讓納杰爾無法看見她的臉色。「他說，你是個會反省，並且為了大家努力付出的人。就算沒有人提出要求，你也會自己去承受一切，所以，你才會特別脆弱。」

「他真的這麼說？」

「戴瑞比你以為的瞭解你。他知道，只要有人待在身旁，你自然而然會變得更強。」

他心一沉。「所以，妳留下來又是因為別人的委託嗎？」

「不，是因為我小看了語言的分量。」黯月說。「我以為我不需要口頭對你做出承諾，你也能夠明白……我對你與其他夥伴的感情。」

納杰爾一時間吐不出話來。

他好想伸手脫下黯月的兜帽，看看她現在是用什麼樣的表情說這番話，但他肯定會在成功之前就被她砍掉指頭。他不敢動作，只是在內心感到好奇，黯月是何時做的決定？又是怎麼做出這樣的決定？他為什麼現在才終於得到這份承諾？

「在我的生命結束以前，我不會離開。」黯月以為他沒聽清楚，只好再次開口。

「那是——」

——那是基於什麼樣的感情？

納杰爾暗自感到喜悅與激動。他很想開口確認清楚，卻又覺得這一切還不是時候，深怕再多做確認的話，現在這份感動只會消逝無蹤。

這樣就夠了。不管黯月是基於什麼樣的理由陪在身邊，他都全然接受，一如當黯月有需要時，他也總是能夠獻出自己的一切——不管是基於什麼樣的感情。

「那是？」

「不。沒什麼。」他輕輕抓著鼻頭，發出掩飾情緒的咳嗽聲。「謝謝妳。」

「嗯。」黯月點頭，聲音依然沒有起伏，似乎也不覺得尷尬。或許對她來說，這一切已經表達得太過明白了，再多做表示也沒有意義。「現在呢？你還要做什麼？」

「呃……」他臉頰微微發燙，將兩個手環疊在一起，擺在簡陋的墳墓前。

事實上，他該做的已經做完了，回去營地後，還得繼續思考要如何安排接下來的計畫。他正想挪動腳步離開，卻又覺得那樣的話實在太可惜，像現在這樣能夠放鬆下來欣賞夜色的日子，或許又會變得屈指可數。

於是他選擇坐下，而黯月也跟著照作。

那對手鐲在兩人面前暗暗映著微光，在漸暗的夜色細述著過去，以及仍未到來的未來。納杰爾還得面對更多的選擇，只是現在，他已經不再害怕。

「現在，換我告訴妳了。這對手環告訴我的一切——我們有足夠的時間，讓我可以從頭開始說……而妳……」

黯月回他一道淺淺的笑容。「我一直在聽。」

納杰爾不禁笑了出來，那正是他此刻最需要的回答。

他們並肩交談，沉靜地迎接黎明。

後記

在開始條列感謝名單之前，請先讓我稍微聊一下對本書的感想吧！

這次的小說跟前傳的西奧多不同，至少需要玩到第九章的遊戲劇情，才能明白納杰爾跟黯月為何出現在亞特拉斯，中間又經歷了什麼事情。

小說跟遊戲是不相同的文字載體，表現手法與自由度也相差甚遠，呈現出來給玩家與讀者的感覺自然有所差異。因此，要如何讓讀者有跟遊戲劇情完全接軌的感覺，一直是我和團隊反覆琢磨的重點。納杰爾就是當中特別讓我費力揣摩的角色之一，他的悶騷與彆扭讓他在很多事情的反應上，充滿了忽冷忽熱的感覺。

在遊戲中，納杰爾為了黯月一事決意復仇、扭曲了性格——於是小說的重心，便放在讓納杰爾意識到自己的失控與責任，重新省思與面對的成長過程。

我由衷希望這份「成長與蛻變」的精神能成功地傳達給讀者，也謝謝你們看到這裡。

「Sdorica」的背景架構十分壯大，就算擷取片段寫成小說，也不過是當中事件的九牛一毛，難以訴盡如此精彩的世界。身為小說作者，礙於篇幅有限，只能忍痛選擇其中一段故事來描寫，但其實還有很多東西是我覺得可以透過文字呈現給玩家的，所以……只好……同人……咦？

等等？是誰在耳語要我用同人文補完的？誰！

我也想看大家的同人創作啊！

不要只叫我補完雪莉×王叔的十八禁片段，或是納杰爾跟黯月（什麼都沒有發生）的片段好嗎！

……咳！

總之如果之後真的有同人作品，歡迎到我的粉專或巴哈遊戲板關注，我不會藏私的。

臉書粉專：https://www.facebook.com/moonbearnovel/

巴哈帳號：shiungk2001

後記

最後再次感謝雷亞團隊的合作邀約，能與各位優秀的夥伴一起努力，是件非常開心的事情。

也感謝台灣角川的責任編輯與總編大人，能再次與妳們共事真的很幸福。

感謝閃光被我騙吃騙喝騙穿，其他的不好說、不好說。

感謝筆尖的軌跡給了我許多回饋，真的！很多時候都靠妳的支持與鼓勵，我才能撐到今天。

感謝哩哩呱哩第一時間給我回饋，跟我一起探討納杰爾的內心（謎），妳幫了我不少。

感謝錯字王國與遊戲公會團，我們的錯字王國將要繼續壯大下去！也要特別感謝BadLuck與他的小夥伴同心協力經營我們的遊戲公會。

還有其他在Sdorica巴哈版與簽名會互動過的玩家，跟你們聊天交流真的很快樂，祝你們都能成為歐洲人！

月亮熊

Sdorica
— After Sunset —

Sdorica
— After Sunset —

國家圖書館出版品預行編目資料

Sdorica After Sunset：萬象物語. 納杰爾篇 / Rayark Inc.原作；月亮熊作. -- 初版. -- 臺北市：臺灣角川, 2018.08

面； 公分

ISBN 978-957-564-400-0(平裝)

857.7 107010445

Kadokawa Fantastic Novels DX

Sdorica

-After Sunset-萬象物語・納杰爾篇

2018年8月16日　初版第1刷發行

作　　者：月亮熊
原作、插畫：Rayark Inc.

發 行 人：岩崎剛人
總 經 理：楊淑媄
資深總監：許嘉鴻
總 編 輯：蔡佩芬
編　　輯：邱瓅萱
美術設計：李思穎
印　　務：李明修（主任）、黎宇凡、潘尚琪

發 行 所：台灣角川股份有限公司
地　　址：105台北市光復北路11巷44號5樓
電　　話：（02）2747-2433
傳　　真：（02）2747-2558
網　　址：http://www.kadokawa.com.tw
劃撥帳戶：台灣角川股份有限公司
劃撥帳號：19487412
法律顧問：寰瀛法律事務所
製　　版：尚騰印刷事業有限公司
ＩＳＢＮ：978-957-564-400-0

香港代理：香港角川有限公司
地　　址：香港新界葵涌興芳路223號新都會廣場第2座17樓 1701-02A室
電　　話：（852）3653-2888